洁净的小石子

【俄】阿·利哈诺夫 著

粟周熊 译

黑龙江少年儿童出版社

登记号：黑版贸审字 08-2016-045 号

图书在版编目（ＣＩＰ）数据

洁净的小石子 ／（俄罗斯）阿·利哈诺夫著 ； 粟周熊译. -- 哈尔滨 ：黑龙江少年儿童出版社，2016.7
（利哈诺夫作品集）
ISBN 978-7-5319-4435-5

Ⅰ．①洁… Ⅱ．①阿… ②粟… Ⅲ．①长篇小说－俄罗斯－近代 Ⅳ．①I512.44

中国版本图书馆CIP数据核字(2016)第137819号

洁净的小石子
JIEJINGDEXIAOSHIZI

作　　者：【俄】阿·利哈诺夫
译　　者：粟周熊
项目总监：张立新
统筹策划：李春琦
责任编辑：李春琦　商　亮
制　　作：冯晓秋　李　璇
图文设计：哈尔滨达彼思印刷有限公司
责任印制：姜奇巍　杨亚玲
出版发行：黑龙江少年儿童出版社
　　　　　（哈尔滨市南岗区宣庆小区 8 号楼　150090）
网　　址：www.lsbook.com.cn
经　　销：全国新华书店
印　　装：哈尔滨市石桥印务有限公司
开　　本：720mm×980mm　1/16
印　　张：11
版　　次：2016 年 7 月第 1 版　2016 年 7 月第 1 次印刷
书　　号：ISBN 978-7-5319-4435-5
定　　价：34.00 元

目 录

幸福来之不易，

幸福与勇敢不能分离，

谁要对它有非分之想，

管叫他身粉骨碎。

——[俄] 库尼亚耶夫

第一章 漫长的一天

一

米哈西卡翻过卡车车帮，只听见鞋后跟咔嚓一声落到柏油路面上，声音很响。完了！夏天过完了，很快就该上学了。

"好吧，"萨什卡对他说，"明儿见！"

米哈西卡点点头，拍一下萨什卡·斯维里多夫的肩膀。是啊，很快就该上学，剩不下几天了，每一天都非常宝贵。他俩想好了明天要去钓鱼。米哈西卡想象着他俩挽起裤腿，站在齐膝深的水里，只见浮子闪动、跳跃，和波光潋滟的水面融合在一起的情景。

"可别迟到！"萨什卡·斯维里多夫说，"苍蝇由我来逮……"

萨什卡拔腿穿过大路。米哈西卡望了一眼他的背影，笑了，心想："这个萨什卡到底还是个勤快人！就是在胜利日那天他也不让大伙儿闲着。"米哈西卡又想起了胜利日那天的事。

那天大家又嚷又叫，你推我搡，每个人都有说不完的话。大伙儿正玩得尽兴的时候，尤利娅·尼古拉耶夫娜老师走进教室，她身穿缎子连衣裙，佩戴两枚列宁勋章，她问大伙儿打算怎样度过这个节日。

同学们面面相觑，甚至有些不知所措，因为谁也没去想这些，大家高兴得简直都发了狂。突然萨什卡·斯维里多夫说，应该在通往莫斯科的公路两旁都栽上树。他们被疏散到这里来的时候，路两边还是光秃秃的，甚至没有一棵小树。

萨什卡还说，树一直要栽到莫斯科——他当然是说过头了。他们一个班要把树栽到莫斯科是不可能的，因为那样他们大概得栽一百年！

最后他们栽了整整一千棵树，但是米哈西卡没有亲手栽下一棵，这不用说是很叫人遗憾的了。他只负责刨坑，至于把树苗放进坑里，用土埋好，那是女同学或者那些体质较弱的男同学的活儿。

米哈西卡动了动肩膀，觉得好像有东西在背上爬。好，今天就这样了……不过明天可得玩个痛快！……他又再次想象起在水面浪尖跳动的浮子来。

一匹马拉着一车干草从他身旁经过。一个小姑娘坐在马车上，耷拉着两条腿。她东瞧瞧西望望，把自己的马忘了个精光。米哈西卡心想，今天是多漫长的一天啊，就像这匹拉干草的马，慢腾腾地挪动着步子。而且一生中这样的日子不少！恰似一团团阴沉的铅灰色乌云。不过，一个人的一生中还是有屈指可数的几天，恍如刚刚看过的电影，一切详情细节从头到尾都能记得清清楚楚。不管以后活多长时间，十年……二十年……说不定一百年，反正这样的日子他能记得很牢，就仿佛是昨天刚发生的事情。

米哈西卡暂时只有过这么一天。

当然，每个人都希望这样的日子像砍在树上的记号，能深深地刻在脑海里，就因为这一天从早到晚都是那么美满如意。

如果真的有这样的一天该有多好：一开始是米哈西卡在上学的路上捡到一张一百卢布的钞票。这样的一张小纸币叠成四折，就这么在路上望着人们，等着有人把它拾起来。正巧这时米哈西卡打这里走过，正好是他，而不是别人，看到了这张钞票。接着老师突然宣布不上课了！一听说不上课，他会立马跑到列宁大街上去，直奔那家有好几级高台阶的

商店。妈妈说过，从前尼古拉二世在位的时候，这家商店由一个叫卡尔达科夫的商人经营，当时她还很小。商人早已不在人世，商店在战争打起来后就关门了，后来被改成了工厂，由一些疲惫不堪的女人在里面生产军服。工厂被列为国防企业，不过米哈西卡心里清楚，工厂在生产男衬裤。萨什卡·斯维里多夫的妈妈就在这家工厂当工人。尽管卡尔达科夫原来的商店如今已在为士兵生产男衬裤，这幢有陡急石砌台阶和竖琴式铁栏杆的建筑在城里还是叫它的旧名——卡尔达科夫商店，在尼古拉二世时代就是这么个叫法。

今年春天，卡尔达科夫商店成了最吸引孩子们的地方。市奶制品厂已经掌握了冰激凌的生产工艺，而且生产出来的冰激凌不在别的地方，就在卡尔达科夫商店门口卖，在有竖琴式铁栏杆的陡急台阶下方出售。

就这样，在那最快活的一天，米哈西卡拉上萨什卡，径直奔向卡尔达科夫商店，一下子就买下四客冰激凌，因为一百卢布正好够买四客冰激凌。由于无所事事，他们再在街上走一走，或许可以干一番见义勇为的大事。

比如说吧，突然看见有好些军人正在持枪追捕一名逃兵，那个逃兵脸涨得通红，面孔狰狞可怕，腰上不扎皮带，手里握着手枪，正在拼命逃跑，大家都不敢靠近他。米哈西卡的大衣尽管是上二年级时候凭证买的，几乎还是九成新，但他绝不会舍不得，一定会向那个逃兵的脚下扑去，让对方摔个嘴啃泥，手枪也脱手落在石头上，撞得"啪"地打出一枪来。而且子弹就擦着米哈西卡的耳朵边飞过，哪怕受伤也无所谓。不过最好是轻伤，从耳垂上一划而过，这样一点儿也不疼。米哈西卡有一次还曾经试过在耳垂上穿针，他不知是从哪儿听来的这种把戏。

米哈西卡叹了口气，回头看了一眼。街上空荡荡的，满是尘土。他将锹柄朝下扛在肩上，像扛着枪。他还收起本来就很瘪的肚皮，抬起脚尖，将另一只手臂摆得齐腰高，用力踏脚地迈步，和爸爸在胜利日阅兵式上一模一样。

当然喽，爸爸没出席过胜利日阅兵式，他如果出席过，一定会写信来说的，不过反正也都一样。

唉，爸爸啊！……他到底什么时候回来呢？

很多军人已经回家来了。每天晚上妇女们都去接从莫斯科开来的火车，她们去是因为当兵的不爱拍电报。他们不知为什么都爱突然归来，事先也不打个招呼，给家里来了个突然袭击。所以妇女们爱去接火车，看看丈夫或者是兄弟回来了没有。

米哈西卡也去过好几次，但爸爸没有回来，只是不断地来信。有一次他写信来说，秋天看来会让他回家，到时候他再和米哈西卡去打猎。

这太好了！打猎去！……米哈西卡当即决定，一定得求爸爸也带上萨什卡，因为没人带他去。然后他们斜端着枪，在树林里到处搜寻野兽。

不过到入秋还有很长时间……而且秋天也是漫长的……爸爸到底什么时候才能回来呢？

米哈西卡想到得从卡尔达科夫商店门口经过，这就是说，得从卖冰激凌的摊位一旁经过，他叹了口气。

根本谈不上有什么美满的一天！爸爸音信皆无，也不会有一百卢布的钞票掉在大街上。这些只能是想入非非的白日梦。

可对米哈西卡来说，如果要说有一辈子忘不了的一天，那一天也完全是另外一个样子。

二

不过反正都一样，应该正视现实，哪怕这样的现实会让人大哭一场。

米哈西卡记住了那一天。早上妈妈把他叫醒了。米哈西卡瞥了一眼布满霜花的窗户，看见寒气在玻璃上描绘的非常有趣的图案，不是什么花，也不是什么树，而有些像亚历山大·涅夫斯基勋章。米哈西卡他们在医院举办音乐会时，曾在一位伤员那里见过这种勋章。满玻璃上都是一条条向四面八方辐射状的线条，线条之间还有线条，形成的图案清晰明快，这样清晰明快的图案米哈西卡当然是不会忘的。

他起了床，把白铁烛台装进书包，溜到厨房去用菜刀从大蜡烛上砍下一小块来。学校里没有电，所以早上天还没大亮的时候，他们就点自己带去的蜡烛。尤利娅·尼古拉耶夫娜的桌上是一盏医用的酒精灯，只不过里面装的不是酒精，而是汽油。大家坐在昏暗的教室里，每张课桌上都点着两支蜡烛，就像新年枞树上的一样，也还是蛮有意思的。火柴也不够使，大家都把火柴拿到市场上去换面包了，所以尤利娅·尼古拉耶夫娜举着她点着的"酒精灯"走进教室时，还得走遍所有的课桌，去把所有的蜡烛都点起来，萨什卡称之为"对火"。

米哈西卡把蜡烛装进书包。上学的时间到了，他把一片面包抹了薄薄的一层奶油，并用战前的报纸裹起来后也塞进了书包。

是不是东西都带齐了呢？有没有落下什么？他想了想，然后来到格子柜跟前，里面有他最珍贵的东西——一本小小的红皮集邮册。爸爸战前集过邮。那些邮票好漂亮哟！有蓝色的，有红色的，有橙黄色的，有绿色的……一行行排列得整整齐齐，大概世界上所有的颜色都齐了。至于那上面画的，也是应有尽有！有皇帝和国王，有喷泉和骆驼，有鲜花和城市，有纹章和城堡！米哈西卡每天都要看看这些邮票，他对爸爸能收集到这么多邮票感到惊诧不已。米哈西卡想把这项活动继续下去，找过邮票，但没什么收获，因为他看到信上贴的都是有一个红军战士的蓝色邮票和有一个女庄员的绿色邮票，就这两种。

他已经拿这本集邮册去向萨什卡和隔壁伊万诺夫娜外婆的两个外孙女卡佳、丽莎炫耀过一番了。

今天他想把集邮册拿到学校让大家见识见识。

他得等到天大亮，等同学们把蜡烛都弄灭了。那时太阳已经升起来，窗户上的霜花全化掉。到第四节课的时候，他再拿出珍藏的集邮册，一排排座位地让大家传阅。即使是被尤利娅·尼古拉耶夫娜没收了也不可怕，以后她也会拿出来让大家看的，而且还得解说一番，说邮票上画的都是些什么图案。

米哈西卡把集邮册装进书包里。

外面天还很黑，路灯没亮。工厂都点不上灯，何况大街上呢。在清晨的朦胧中勉强可以分辨出一条黑乎乎的道路来。

他和妈妈一同走到拐弯的地方，然后妈妈向他招了招手，便拐向了去医院的路，米哈西卡继续朝前走。

他走得很快，听着毡靴底下的积雪发出沙沙的声响，很像马嚼干草的声音。米哈西卡一直在想，等他把集邮册拿出来，同学们一定会大加赞叹，那可是太棒了。同学们会说，米哈西卡的爸爸真了不起，因为不是每个人都能有这样的好东西来炫耀，也不是每个人都能晚上坐到灯下来欣赏这些邮票，到那些可怕的原始丛林，或者北极地带的冰山和撒哈拉大沙漠去游览一番。

米哈西卡无忧无虑地来回晃动书包，可拐过弯后灾难就降临到他头上了。

他刚一拐上学校的路，就已经看见学校黑乎乎的轮廓，这时，一个黑影迎头向他走过来。

米哈西卡一眼便认出了这个人。

他就是科利卡·萨瓦捷伊。同学们给他取了个"胡狼"的绰号，还叫他"尼古拉三世"，因为最后一个沙皇是尼古拉二世，萨瓦捷伊被看作是沙皇了。

他在附近的一家中学上七年级。萨什卡·斯维里多夫一家从列宁格勒（今圣彼得堡）撤退来到这里时，萨瓦捷伊曾在大街上捉住萨什卡，把从其他人手里抢来的面包拿出来让萨什卡吃。萨什卡没能挺住，吃了面包，从此以后萨瓦捷伊便强迫萨什卡当"跟班"，什么时候都得跟着他，像个副官。多亏萨什卡的妈妈把儿子从萨瓦捷伊那里夺了回来。一天，她在大街上拦住"尼古拉三世"，向他扑过去并大声嚷嚷道："你用一块面包就想作弄我孩子?!"

奇怪，萨瓦捷伊从此竟然不再纠缠萨什卡了。

早上，尤其是冬天，"尼古拉三世"像只真正的胡狼，总是早早就起来，然后到米哈西卡念书的那所小学附近去拦路。他专门挑这所学校，是因为四年级以前的学生都是一些小不点儿。萨瓦捷伊躲在黑暗处，对那些孩子搜身。他抢走他们书包里抹着人造奶油的面包片和用黑麦精粉烤制的灰色小面包，还有从集市上买来的枕形糖果与燕麦奶渣饼。有时候他从书包里掏出来的不是面包，而是教科书或练习本，他就把它们扔到雪堆里，或者扔到地上，然后用毡靴踩来踩去。他把这些东西掠走时，孩子们并不溜掉，而是站在远处，就等着"尼古拉三世"离开，再去捡回来。

萨瓦捷伊往往是横着站在两个雪堆之间的狭窄小径上，悄无声息、蛮横无理地干着他的勾当。他并不是见人就抢，因为他不需要那么多的面包，否则还没吃完就该撑死了！他是有选择地实施打劫，专挑那些招他讨厌的人，或者恰恰相反，找那些他喜欢的人。萨瓦捷伊把人家的东西抢走以后，还对他们小声地说：

"不许声张，浑——蛋！"

这个拉长音的"浑"字把所有的孩子都吓唬住了。大家都不敢声张。他们都害怕遭到"尼古拉三世"凶神恶煞般的报复。

米哈西卡看见迎面走来的萨瓦捷伊，心突然一阵急跳，已经预感到事情不妙。他俩过去也碰见过，但萨瓦捷伊常常是不知什么原因把米哈西卡放过去；米哈西卡则穿着毡靴从厚厚的雪堆里蹚着走，绕开萨瓦捷伊。当然，"尼古拉三世"也曾从米哈西卡的手中夺走过一片面包，对此米哈西卡并不怎么在意，因为所有的人都被他抢过。

可是现在，当萨瓦捷伊向他逼近的时候，米哈西卡马上就想到了集邮册，他知道大难临头了。

"打开！""胡狼"用沙哑的声音对他说，朝书包点了点头。

米哈西卡用冻得麻木的双手褪下手套，将它们塞进衣兜里，然后咔嚓一声打开书包的小锁。米哈西卡暗暗希望黑暗中"胡狼"看不见集邮册，但是萨瓦捷伊看见了，打开来说道：

"哟嗬……"

这时，米哈西卡听见身后传来毡靴的吱扭声，他很快回过身去，希望能搬到救兵。然而身后站着的是伊万诺夫娜外婆的外孙女丽莎。不，丽莎什么忙也帮不了。她已经打开自己的书包，就等着萨瓦捷伊检查，不过萨瓦捷伊也可以不检查，因为她的书包里什么东西也没有，对此米哈西卡再清楚不过了。

"还给我，"米哈西卡说，"这是爸爸的。给你面包……"

"爸爸的！"萨瓦捷伊嘿嘿一笑，有些做作地一扬手，朝米哈西卡的鼻梁上送去一巴掌。

像上完第四节课那样，天已经大亮，然后重又变暗。米哈西卡感到有温乎乎的东西在嘴唇上爬动。

"给你这个'爸爸的'吧！""尼古拉三世"说。

米哈西卡失去平衡，一条腿跪在地上，但马上他就站了起来，穿过雪堆向一旁跑去。雪很深，齐了米哈西卡的腰，但他已经感觉不到了。他将书包夹在腋下，从雪堆里跑出来。

脑袋嗡嗡响，眼前的一切都在晃动，很像地震发生的情景。米哈西卡抓过一捧雪按在嘴唇上，雪被染成了红色。米哈西卡又走了好几步，然后就坐在雪堆上，号啕大哭起来。

他的嘴唇在颤抖，一滴滴汗珠从帽子里流出来。周围的一切都消失了，什么也不存在了，无论是学校的黑影，还是黑暗本身。无论是昨天，还是今天，统统都不存在了。世界上就只存在那本贴有爸爸珍贵邮票的集邮册和可恶的"胡狼"萨瓦捷伊，那个可恶的"尼古拉三世"。

"完了，完了，完了！"米哈西卡心想，"邮票没有了，集邮册没有了……完了，完了，完了！"

帽子掉在雪里，但他毫无感觉，只感到极度的悲伤与委屈。

有人在拉他的袖口。米哈西卡浑身哆嗦了一下，回转身去。

丽莎站在他面前。

"不要这样，"丽莎盯着米哈西卡的脸说，"不要这样。"

"你走开！"米哈西卡嘟哝说，把脸埋进雪里。

米哈西卡的眼前仿佛出现了同医院伤员房间窗玻璃上看到的亚历山大·涅夫斯基勋章一样的霜花，这让人无法理解，而且也完全不是同一地方。

三

这就是米哈西卡曾经有过的一天，很让人难过的一天。

米哈西卡相信，甚至是确切知道，他还会有另外一天，无论如何也

会有这么一天，这一天也会让他牢牢记住。这对"尼古拉三世"——萨瓦捷伊将是最可怕的一天。

米哈西卡绞尽脑汁想办法对"尼古拉三世"采取报复行动。他设计了很多让这个该死的萨瓦捷伊没有好下场的不同方案。

比如说可以这样：大清早，全校同学在米哈西卡的带领下，趁萨瓦捷伊还在睡觉的时候来到街上。每人肩上都带着白绳子。就在萨瓦捷伊常来的地方，全校同学在白茫茫的雪堆间拉起白绳子，然后到楼房、杂物棚和大树后面藏起来。

然后是萨瓦捷伊过来了，在他常来的地方停下。跟着是丽莎向他迎面走去。萨瓦捷伊把她的书包打开，看见里面有很多抹了人造奶油的面包片和奶渣饼，还有很多别的食品。那是全校同学把自己所带的吃的都装进丽莎书包里的缘故。

萨瓦捷伊喜出望外，正要伸手去掏丽莎的书包，这时大家从雪地里拉起白绳子，于是萨瓦捷伊就落入了网里。左边、右边、上边、下边，到处都是绳子。他先是一阵慌乱，而后拔腿便跑。当然喽，他肯定会被绊住腿，然后一头栽倒在雪地里，这时全校同学就会用绳子将他捆绑起来。等第四节课下课天色变亮时，押着他满城去转一圈，然后送进警察局。

米哈西卡不喜欢这样的结局，最好是把萨瓦捷伊拉到河面上去，将他按进冰窟窿里。但是私设公堂在前线也是要受到惩罚的，米哈西卡在医院听说过。

当然，这一天也可以是另外一个样子。米哈西卡突然在这天成了一名拳击手，把萨瓦捷伊打得一败涂地。而且不是夜里，不是躲在黑暗的地方，而是大白天，就在列宁大街上。

唉，这将永志不忘的一天快些到来吧。

米哈西卡慢腾腾地往家走。他的两眼发亮，帽子推到了头顶上，他不停地想象着这一天的情景，连拳头都攥得紧紧的。

四

米哈西卡走近卡尔达科夫商店，登上陡急台阶的最后一级。他想在这里稍站上片刻，到处看看，这里视野开阔。

售货员弗罗洛娃大婶就站在米哈西卡的下方，旁边是一个装有碎冰块的大桶，而在冰块中间又有一个两侧闪闪放光的大罐子。如果把这个大罐子放在地上，它可能会和米哈西卡齐腰高。这样大的一个罐子里装满了冰激凌。

米哈西卡不知看过了多少遍啊！既看见过那个大桶，又看见过那个大罐。既像现在这样从上面看过，也从一旁看过，还蹲下来从下面看过。从远远的地方，就从那个拐角的地方看过，也在跟前看过。他摸过大桶，有一次还触到了大罐。大桶、大罐都没有什么特别的地方，但大罐里面是妙不可言的食品，是真正的美味佳肴，它白晃晃的、甜丝丝的、凉冰冰的！

米哈西卡瞧了一会儿，看见有个年轻的军人来到弗罗洛娃大婶跟前。他显然是从医院里出来的，一只胳臂上还戴了个灰箍。弗罗洛娃大婶取出一只双底的大洋铁皮杯子，将薄薄的一小块带格的甜饼干（妈妈说是华夫饼干——华夫，华夫，这个词有多甜啊！）放进去，再掀开罐子的盖儿，用小勺从里面舀出一小团冰激凌，使劲按进杯里，捣实，上面再放一块华夫饼干。然后她将杯子倒扣过来，按了按杯子底下的一个把手，最后将一个圆乎乎的冰激凌交给军人。

军人接过冰激凌，莫名其妙地看上一阵，舔了舔。后来军人看见了米哈西卡，冲他微微一笑，露出一口冰激凌般的白牙。军人又舔了一口冰激凌，第二口，第三口，然后若有所思，直接从马路上磕磕绊绊地走开了。

"真有意思，他在想些什么呢？"米哈西卡想猜出来。

他还真想起来了，妈妈曾经讲过一个住在他们医院的大士的故事。他没受伤，连一点划伤的痕迹也没有。一颗炸弹在离他不远的地方爆炸，他被掀翻了个儿，最后被土掩埋。他被刨出来时，变得有些心事重重的样子，但站起来之后又若无其事地走开了。后来他回转身，问道："拉娅在哪儿？"拉娅是他的妻子。有人告诉他说："她在家里。"但他又再次问道："拉娅在哪儿？"

后来他总是问别人："拉娅在哪儿？"同时陷入一种沉思默想之中。被送到医院后，妻子拉娅来看他，他望了她一阵儿，想了想，然后问道："拉娅到底在哪儿？"

米哈西卡见过这位大士。他坐在床上，总是两眼发直地望着一个地方，灰突突的脸上胡子拉碴的。

米哈西卡叹了口气，望着军人的背影。只见他磕磕绊绊地走着，不断地舔着冰激凌，仿佛和那个大士一样在想心事。"他到底在想什么？"米哈西卡觉得奇怪。如果一个人在吃冰激凌，他能想些什么？只会笑，开心地笑，开心地哈哈大笑。

他又朝大桶、朝化了的冰块和白盖儿晃得刺眼的罐子投去一瞥，然后橐橐地从陡急的台阶往下走。

"呸，鬼崽子，吓人一大跳！"弗罗洛娃大婶骂了一句。

弗罗洛娃大婶是不久前刚转行卖冰激凌的，那都已经是战后的事了，工厂刚刚开始生产冰激凌。米哈西卡对弗罗洛娃大婶非常了解，她在城里颇有些名气。她不仅仅是因为卖冰激凌出名，主要还是因为她养的那两只狼狗。

整个战争时期她都是"靠狗吃饭"。妈妈这么说的。大家都在干活，大家都在卖苦力，盼着胜利快些到来，可弗罗洛娃大婶不同……

这一切都是从几名匪徒抢劫百货商店开始的。其实商店里也没什么特别贵重的东西，没有金币，只有一些战前生产的女服和儿童大衣，还有套鞋和毡靴。这些东西都是凭证分发给各工厂和机关单位。

但对匪徒来说，显然毡靴不见得比金币差。妈妈那天上班进过城，回来告诉米哈西卡说百货商店周围站满了警察。但米哈西卡不相信那些警察，因为当警察的都是一些妇女。再说手枪也全都送到前线打仗去了，这些警察阿姨们根本没有手枪。米哈西卡亲眼见过有个警察阿姨的枪套里塞的是一块破布。

一句话，匪徒没逮着，可这以后出来一个弗罗洛娃，每天早晚大街上出现一个脸上有麻点儿的胖大婶。她两只手各握着一根结实的皮带，每根皮带上牵着一只狼狗。大婶仰着头在大马路上走，路上的人见到她都往板墙上挤靠，因为那两只狼狗又凶又壮，把她拉向不同的方向，看样子好像随时准备扑向任何一个人，当场把他撕成碎片。大婶不时地朝狗吆喝几声，诸如"嘿！""布莱克！"等谁也听不懂的话语，于是这两只狗耷拉着脑袋，乖乖地向前走去。

米哈西卡不喜欢狼狗。法西斯强盗拷打我们的伤员时，放狼狗去咬他们。狼狗咬住伤员的脖子，将他们活活咬死。米哈西卡在报上亲眼见过这样的报道，所以在他眼里就是任何一只最难看的非良种狗，也比这俩壮实的狼狗好上一百倍。

可有人说，弗罗洛娃大婶就靠这两只狗养活。她晚上将它俩放到百货商店里，狗自由自在地在柜台中间走来走去，守卫着百货商店，弗罗洛娃大婶则以它们的名义领取两份口粮。她没有好好喂狗，尽管自己以警卫犬向导的名义还领有一张配给证，但她还是把给狗领的一份也吃了。

大家都在干活，在生产炮弹，在医院值班，或者像萨什卡·斯维里多夫的妈妈那样，在为战士们缝制衬裤，弗罗洛娃却在领着狗逛来逛去。

后来她的丈夫从前线回来了。他的一只空袖筒塞进宽宽的军官皮带里，但他就是一只手也能指挥这两只狗，于是弗罗洛娃大婶开始卖起冰激凌来了。

你说怪不怪，米哈西卡现在不再像过去那样对弗罗洛娃大婶抱有成见了。是不是就因为她老老实实地做起了冰激凌的生意呢？还是因为弗罗洛娃大婶的丈夫也和很多女人的丈夫一样，都是致残后回来的？

米哈西卡还想，等弗罗洛娃大婶的丈夫把狗从商店里领出来时，他要迎着狗走上前去，面不改色心不跳地从它们中间穿过，像一名游击队员或战士那样走过去，那该有多棒呀！他为自己有这么一个大胆的想法甚至打了个寒噤。

是啊，这将是很了不起的举动！"尼古拉三世"也未必敢这么做。

已经看见他们那幢住宅楼的大门，他叹了口气。唉，从两只狼狗中间穿过，想来想去还是不行……

五

晚上，米哈西卡把这一天的前前后后又重新过了一遍电影，回忆起他是怎么走的，后来又在卖冰激凌的弗罗洛娃大婶身边站了好一阵，还想到了萨瓦捷伊，想到了狼狗，最后还想到了那个问"拉娅到底在哪儿呀？"的伤员和那个吃冰激凌的军人……

不，这样做并不是白费功夫。因为米哈西卡知道，在一辈子也忘不了的那一天，所有的详情细节都会像看过的电影那么历历在目。倒是第二个漫长的他想和萨瓦捷伊彻底清算的那天，他算白想了。原来这一天早就在等着米哈西卡了，等着，等着，然后出其不意地来到了他的面前。

米哈西卡还记得他是怎样先在马路上沙沙地挪动着脚步，后来怎样在小路上扬起尘土，最后栅门吱扭一声响，进了栅门后他单腿蹦着，在从大街通向院子的台阶上一级一级地跳着玩。

他看见了丽莎。她面带喜色地望着他，仿佛是初次见到他似的，米哈西卡向她丢了个眼色。丽莎是个翘鼻子的姑娘，她显得那么文静，并且通身像只小蝴蝶那么洁净透明，米哈西卡看着她都觉得可怜。

他还看到丽莎的外婆伊万诺夫娜。老太太也冲着米哈西卡笑，而且她那苍白而像一张揉皱的桌布那样满是皱纹的老脸不停地抖动着，像是被吓着了一样。

最后米哈西卡看见一垛劈柴，在劈柴垛旁看见一个穿天蓝色背心的陌生人。陌生人背对他站着，天蓝色背心正好在肩胛骨下方有个发白的小洞。陌生人转过身来，看见了米哈西卡，冲他一笑。

米哈西卡也报之一笑，想了想在什么地方见过这个人，但是在什么地方，他怎么也记不起来了。而穿天蓝色背心的陌生人这时却一直冲米哈西卡笑，缓缓地向米哈西卡走来。后来他站住了，将两只手插进衣兜里，小声地说：

"米哈西克（米哈西卡的爱称）！嗯，米哈西克……"

他像是十分惊奇地说着，米哈西卡却怎么也想不起来是在哪儿见过这个人了。

突然，先前晒着后背的太阳直接照进眼里，天空顿时变得格外明亮，简直是一片银灰色，也可能是一片红色……

米哈西卡不知为什么把嘴唇咬得生疼，一声不吭地快步跑过去，一头向穿天蓝色背心的那个人扑去，紧紧地抱住对方。

他贴着那胡须扎人的面颊，闻到了一股烟叶的气味，很可能是一种

土烟的气味，因为医院里的伤员都抽土烟，而且所有的士兵也都抽土烟，他还觉得那人的皮肤温乎乎的。

米哈西卡用尽全力抱住那个人的脖子，同时紧紧地咬住嘴唇。此时，太阳格外耀眼，平时就是直接冲着它看也没有这么耀眼。米哈西卡似乎被刺得无法看东西、说话与呼吸。

不知过了多久，透过闷热的薄雾，米哈西卡终于又看见了丽莎，看见了洁净透明的丽莎，还看见了伊万诺夫娜外婆。丽莎望着米哈西卡笑，外婆腮边挂满泪花，脑袋抖得更勤了，动作也更大了。

米哈西卡突然感到有些难为情，松开抱着那位穿天蓝色背心的人的手，紧挨着他站好，用脸去蹭了蹭他的肚皮。他俩就这样面对面地站了一会儿，陌生人拢拢米哈西卡的灰色头发，又重新弄得乱蓬蓬的。米哈西卡则站在那里，一直不敢张口。

后来他沉重地叹了口气。

眼前刺眼的太阳不见了。太阳照常烤着后背。眼睫毛上好像有些什么东西在颤动，妨碍着视线。不过很快这种现象也不复存在了，米哈西卡看见一双俯视着他的灰色眼睛，还有满头和他一样的灰色头发。

"彻底回来了？"米哈西卡终于吐出口气，"再也不走了？"

爸爸冲他点点头，突然托起他的两腋，于是米哈西卡哈哈笑着向空中飞去，向上飞去。他任由爸爸那双有力的大手托着飞起来，哈哈笑着，望着地面上的雨燕，还望着那堆黄澄澄的劈柴，望着脸蛋儿向上仰的丽莎，也望着伊万诺夫娜外婆。他还望见脸白得像张纸的站在栅栏门前的妈妈，看见她向前跨了一步，然后在通向院子的台阶上慢慢地坐下。

天空忽而向上升起，忽而向他迎面飞来，穿着肩胛骨下方有个小洞的天蓝色背心的爸爸也望着米哈西卡哈哈大笑，爸爸一次次地将他抛起，再一次次地在下面接住……

六

然后他们坐下来喝面糊糊，一种用沸水泡开的面汤。米哈西卡张口鼓腮地狼吞虎咽，妈妈今天却不爱吃这种东西……她拿起勺子来，咽下一口，马上又把勺子放下，两眼望着爸爸。她一看见他，就一直盯住不放，像是担心他不见了，或藏了起来。但是爸爸哪儿也不藏，而是大口大口地喝面糊糊，不停地开着玩笑，脸上一直挂着笑容，还劝妈妈也喝。

有时候他又变得沉默不语，两眼望着妈妈，然后抓住她的双肩，让她转过身子，盯住她的眼睛看上一阵儿，什么话也不说。

他们就这样相互对视着，大概都把米哈西卡给忘了，而且他们的目光变得不同寻常。米哈西卡望着他们，看见在妈妈的眼睛里有爸爸小小的影子，而在爸爸的眼睛里则有妈妈小小的影子。他甚至都觉得他俩要离开他到一个令人着迷的世界去了，到一个他理解不了、模模糊糊的大人世界去了，在那个世界里两人在对方的眼里都变得非常小，实际上就只剩下他们两个人，已经没有米哈西卡了。想到这里，米哈西卡变得闷闷不乐起来。爸爸和妈妈好像猜到了他的心思，马上向他转过身去，冲他笑了笑。

没过多长时间，他俩又互相对视起来，爸爸像对小姑娘那样抚摸着妈妈的头，然后妈妈又看爸爸，看呀，看呀，就只看他。

妈妈变得相当年轻了。当爸爸在悬壶洗手器下哗哗地冲澡时，她把箱子打开，在里面翻来翻去忙个不停，还派米哈西卡去烧铁熨斗，让炭火燃得旺旺的。米哈西卡把熨斗烧得很热，拿去让妈妈熨衣服。但他对妈妈的这通忙活毫不留意，一直到他们围着桌子坐好，妈妈穿一身漂亮的蓝底白点的连衣裙从帐子后面走出来，他才开始留意。

米哈西卡发出一声赞叹。爸爸将妈妈举起，让她转起来，不过在他们这个小小的房间里根本就转不开。爸爸一不小心就把一只画有撑伞嬉戏的中国侍女图案的瓷杯从桌上拂落，杯子是米哈西卡的外婆送给妈妈的礼物，所以妈妈分外珍惜。可现在她只有笑，还说杯子打破了是添财添喜，后来爸爸还是把她放下来了，开始和米哈西卡一道仔细打量和称赞她身上的连衣裙。

　　等大家都围着桌子坐好，米哈西卡看了妈妈一眼，原来她还很像女中七年级的那些女孩子呢，米哈西卡上小学时每天都经过这所中学。

　　妈妈的眼睛炯炯有神，像天空，也像身上的连衣裙那样蓝莹莹的，她还有一头像短麻一样柔软蓬松的秀发。当丽莎晚上给伊万诺夫娜外婆一个音节一个音节地念课文时，老外婆就是用这样的短麻捻线。

　　吃饭时，爸爸夸妈妈没卖掉战前穿的那件连衣裙，但妈妈说不是这么回事，是他弄错了。战前穿的那件连衣裙她在1942年就卖掉了，现在穿的这件是为了迎接他的归来前不久在旧货摊上买的。爸爸夸了她一通，说她会理家，居然还能攒下钱来买衣服。妈妈若有所思地点点头，说：

　　"这都是靠的土豆，维坚卡（爸爸维克托的小名），全都是靠的土豆，要是没有土豆，我还不知道会怎么样呢！"

　　于是米哈西卡就给爸爸讲了他们在河对岸有一块自留地，等春汛后地一干他们就上那里去，因为那是一大片涝洼地，他们上那里去种土豆、培土，后来又去收获。爸爸望着米哈西卡，像听一个大人讲话那样，津津有味地仔细听他絮叨，还不时地点头。

　　"是啊，"等米哈西卡不再说了，妈妈说道，"土豆是咱们家的救命恩人，整个战争时期全靠它了。就连米哈西卡的命也是它救的，既没有营养不良，也没得病。我要是信教，一定会到教堂去给咱们的土豆进献一支蜡烛。"

爸爸深深吸了一口土烟，蹙起了额头。

他们仨有一阵儿不说话，每个人都在想同一件事，那就是战争，而且每个人都有自己的想法。米哈西卡不知道为什么又想起了丽莎，她去年刚上学，整个战争期间她都是不声不响地在院子里跑来跑去。他还回想起伊万诺夫娜外婆。回想起自从丽莎和卡佳的妈妈死后，老太太的脑袋就开始抖动了。

"咱们这两天就去一趟，"爸爸沉默了一会儿，"去看看咱们的救命恩人。"

"去看看咱们的救命恩人。过两天就去看看咱们的……"爸爸重复着。

后来他们仨挪到大木箱上去，互相拥抱着，坐了很久很久。爸爸给他们讲述了他是怎样被弹片炸伤的，还算庆幸，尽管伤势很重，但整个战争时期只负过一次伤，不是每个人都有这样的福分。妈妈要他把背心脱下来，爸爸二话没说便脱了下来。米哈西卡看见爸爸背上有一道铁青色的疤痕，小心地摸了摸，疤痕上的皮肤油亮油亮的。

妈妈刚刚摸到疤痕，便突然呜咽起来。爸爸什么也没说，只是抱住她，再次抚摸她的头。妈妈放心了，开始讲战争时期她在医院都看见了什么样的病人，人们怎么死去。而且在她看来人们都最怕在远离前线的医院里死去，因为他们死的时候都很痛苦……但她认为这都在所难免，战争嘛，可现在爸爸让她看了自己的伤，她突然后怕起来了，因为他完全有可能被打死，只要弹片再深一点儿，就再也见不着他了……

"死神像刮来的一阵冷风。"她说，"比如人们常说：命该如此，命中无缘。可又是谁该去死呢？没有这样的命，大家都该活着，可他们却得死去。女人们都说：怎么办，总得有人去死呀……这是怎么回事呢——有人该死，有人就不该死……"

天色已经入暮，妈妈才突然想起什么，开始到处找网兜，往里面装衣服。

"男子汉们，洗澡去！洗澡去，男子汉们！"她喊道。不知道为什么她很喜欢重复"男子汉们"这四个字。

爸爸本想穿着平常的衣服去，米哈西卡却硬要他换上军便服，上面佩戴有两枚勇敢奖章和一枚红星勋章，还有其他一些解放各个城市的军功章。

唉，米哈西卡太惋惜了：天已黄昏，爸爸的那些军功章都看不清楚！而且像是故意似的，就没碰到一个认识的同学。

澡堂里人满为患，男部的队排成了一字长蛇。他和爸爸站在队尾，前面是个老头儿。

米哈西卡想起他第一次到男部来洗澡的情景。他是独自一个人来的。那还是在念一年级的时候。

刚开始他当然是和所有的小男孩一样，跟着妈妈一道去女部洗澡。可有一次他们去洗澡，米哈西卡在澡堂里看见了他的老师尤利娅·尼古拉耶夫娜。

妈妈好不容易才说服米哈西卡脱去外衣，要他好好洗个澡。他同意了，条件是不能让尤利娅·尼古拉耶夫娜看见他俩。女部里蒸气弥漫，然而老师还是发现了他们。老师看见他通身赤条条的模样，他也看见老师光着身子，臊得脸上直发烧。好在尤利娅·尼古拉耶夫娜当时没走到他们跟前来，只远远地向他和妈妈点了点头，很快便走了，否则他真不知道该怎么办好，大概会从澡堂里跑出去的。

打那以后，米哈西卡说什么也不上女部洗澡了。妈妈明白是怎么回事，也不再坚持，所以后来都让他在家洗澡，就在米哈西卡还吃奶时给他买下的那个小澡盆里洗。

小澡盆装不下他，米哈西卡只好站着洗，弄得地上都是水，妈妈看了直训斥他。有一年冬天缺柴烧，尽管有供应卡，但妈妈也弄不来一车柴火，于是米哈西卡只好独自一人上澡堂去洗了。

妈妈花了很长时间来教他，告诉他该怎么洗，怎么擦身子，还得注意不要让别人偷走衣服，要不他就没衣服穿了。

这就用不着教了。米哈西卡自己也听说过有个大叔在澡堂里衣服被人偷走，结果他只能光着身子，一直等到有人到他家去报信，家里才给他送来衣服。

那个大叔有人帮忙跑一趟，这是显而易见的事，但是如果一个小孩子的衣服被人偷走，又有谁去帮他告诉家里人呢？

米哈西卡就这样到澡堂去了，心里一直惴惴不安，感觉一定会出事。

他当时好不容易推开通往浴池的那扇在水与蒸气的作用下发胀的沉重木门，往大盆里倒满水，不声不响地冲了冲石椅。后来他在木盆里泡了好久，用肥皂擦手，洗好了胸脯、大腿和脑袋。他想用纤维团擦背，但就是够不着。妈妈给他往网兜里放衣服时告诉过他："随便找一个叔叔帮你擦背。"

米哈西卡回头一看，找了一个小伙子。小伙子就坐在旁边的一张石椅上，背冲着他，正在使劲擦脖子。

"那你可得站稳了……"小伙子对他说，动手用力擦米哈西卡的后背，像是要从他身上扒下一层皮来似的。

米哈西卡眼泪都流出来了。

小伙子原来还是个乐天派，他一个劲儿地问米哈西卡的爸爸在哪条战线作战，弄得米哈西卡不知怎么回答才好。凡是有仗打的地方都是一条战线嘛。米哈西卡很喜欢这个小伙子，也想为他做些什么事，最后才想出来也该帮他擦擦背。但小伙子粲然一笑，说他已经擦过，多谢了。

他俩仿佛成了熟人，小伙子还时不时地瞧上米哈西卡一眼，冲他挤挤眼睛。当他起身去穿衣服时，米哈西卡急急忙忙地冲好了身子，打定主意要跟他到底了。

小伙子很快便穿好衣服，米哈西卡好不容易才追上他。小伙子出门时对澡堂服务员说：

"洗了个好澡，谢谢，大爷！"

米哈西卡也跟着他重复了一遍：

"洗了个好澡，谢谢，大爷！"

服务员笑了起来，用没沾水的桦树枝笤帚轻轻地抽了米哈西卡一下。

出了大门，米哈西卡和小伙子便分道扬镳了，他们分手时互相亲切地交换了个眼色，当时米哈西卡心里还想：要是所有的人都是这个样子该有多好！

从那时起，米哈西卡就常常来排这个长队了。他经常是随身带着地理课本或别的什么教科书，利用排队的时间把书背得滚瓜烂熟。洗过澡后他总是能拿5分，因此米哈西卡更爱去洗澡了。

他排队的时候见过各种各样的人。米哈西卡特别羡慕那些有爷爷带着的男孩子。他有一次还看见一位老人带了个小姑娘来洗澡。开始米哈西卡还笑了，因为这种情况他还是第一次碰到。不错，女部里能见到很多男孩子，但他还没见过有小姑娘和男人一道来洗澡的。

可他又想：这又有什么好笑的呢？男孩子跟妈妈洗澡，是因为他们没有爸爸，他们的爸爸在前方打仗；而如果小姑娘跟着爷爷来洗澡，就是说她可能没有妈妈，或者很可能妈妈也在前方。他害怕了：万一这个小姑娘的妈妈被打死了呢？后来他想，这个小姑娘的妈妈想必是没时间，很可能是她得值班，或者是上哪儿去了。想到这儿，米哈西卡马上变得心宽多了，因为他不能想象没有妈妈会是什么样子。

米哈西卡在排队的人当中还看见了出院后回家来养病的伤员，他们来洗澡都带着男孩子，带着他们的儿孙，他对这些男孩子真是眼热极了。当家里收到爸爸的来信（信是别人代写的），信里以他的名义告诉家里他负了伤，这时米哈西卡还想，他的爸爸大概也会出院后回家一趟，那时他们便可以一起来洗澡了。

就是现在，米哈西卡想起来了，当初他多么想和爸爸一起来洗澡啊。可现在他俩站在一个黑漆漆的角落里，队伍几乎都没向前移动，而米哈西卡多么想很快走到亮处去，让所有的人，包括那些小伙子、老头儿和小男孩，都能看到他那穿着军便服、胸前佩戴军功章的爸爸，这些军功章还不时碰得叮当作响。

站在前面的那个老头儿，身子老是转来转去，两只脚不停地动来动去，一支接着一支地抽烟，还不停地和前后左右的人搭讪。米哈西卡这时就想，要是他米哈西卡也老是这样转来转去，妈妈又在身旁，他早就挨揍了。米哈西卡一想到这个太好动的老头儿会挨他妈妈的揍，就禁不住笑了。

老头儿回转身来，像是听出了米哈西卡的笑，不错眼珠地朝略高出米哈西卡半个头的地方看了一眼，突然大声说道：

"公民们，这叫什么事呀？"

老头儿边说边向米哈西卡的方向伸出手去。大家转身去看米哈西卡，弄得他满脸通红。他真后悔，千不该万不该，不该笑话这位老人。

"诸位兄弟姐妹，这叫什么事呀？"

"真稀奇，"米哈西卡心想，"哪儿冒出个神父来了？"

"这位打过仗，"老头儿接着说，"大概是回家来了，想来澡堂里洗个澡。"

米哈西卡松了口气，回过身去，身后站着爸爸。原来大家都在看他啊！大家都在看爸爸！

"可我们还让人家排队！"老头儿喊道。

　　队伍里纷纷议论开了。一股暖流顿时流遍米哈西卡的全身，他感到热乎乎的。可不是嘛，整个队伍大概得有百十来人，大家都看着爸爸，冲着他笑，还在议论他！当然喽，他们已经看到了他的军便服，看见了他的奖章，和爸爸随随便便叫作小星花的红星勋章。

　　"喂，大士同志，"老头儿又喊道，"你到前面来吧！"

　　"瞧您说的，"爸爸说，"我站一站，休息休息，现在又不忙着上哪儿。"

　　"不，不！"那个话多而又好动的老头儿喊起来，"你快往前来吧！抓紧时间休息休息，要不马上又该忙了！我说了，你快往前来吧！"

　　大家开始推爸爸，排在他前面的人让出一条道，于是爸爸向前走去，米哈西卡紧跟着他，感觉到小男孩们向自己投来羡慕的目光——有人甚至还轻轻地推了自己一下。

　　在热烘烘的澡堂里待了半天，又喝了浓茶，米哈西卡都昏昏欲睡了，突然他带有几分惊奇、满心欢喜地想："原来这第二个漫长的一天是这般美妙……"

第二章 "土豆乖乖"

一

米哈西卡喜欢仰望天空中的云彩。

他沿着颤动作响的铁梯爬上平面屋顶。在远处一个烟囱后面的天窗旁边是他常去的地方。如果仰面躺下，就是在屋顶上也看不见米哈西卡，地上就更看不见了。战争时期，当时还在念二年级的他就找到了这个地方。那时候为防空袭晚上都要派人值班。不过很快就把班给撤了，因为德国法西斯的飞机根本到不了他们的城市。空袭警报只响过两次，大概是为了以防万一。米哈西卡还记得那个夜晚。在这之前不久他同妈妈和所有的居民一样，都往自个儿家的窗户上贴米字形的白纸条，大家都说这能起大作用。如果炸弹掉下来，玻璃贴上这些米字形的纸条后就不容易破碎。说老实话，米哈西卡不大相信这一套，因为就一块普普通通的小石块也能把玻璃砸碎，何况炸弹呢！

可几天以后拉响了警报，妈妈冲着米哈西卡直嚷嚷，因为他还在穷磨蹭——他大衣的扣子说什么也扣不上。

当他们出了楼，漆黑的天空亮起了探照灯，有时都把飞机照了出来。

但飞机是我们自家的那种四个机翼的"玉米机"（苏联卫国战争中使用的一种轻型夜行低飞教练机），德国人没有这种飞机。

妈妈老催米哈西卡，可他告诉她不要慌，因为飞机是自家的。防空洞很远，他们还来不及赶到，警报就解除了，于是他们便回家去了。米哈西卡对妈妈说："你瞧，你瞧，我就说过的嘛……"妈妈什么也不说，只是唉声叹气。

那时候房顶上的装备还挺像样儿。天窗两端各放一个沙箱，旁边放一大木桶水，还在木桶上钉了两颗钉子，把钉子弯成钩，钩上挂有小水桶。

这一切都很中米哈西卡的意。这有些像轮船，因为轮船上也挂有木桶，只不过那都是些带红道道的木桶。

不过大水桶也都没能用上。沙子后来被孩子们弄得满屋顶都是，小水桶也被送回房管所。

经过这番忙乱，屋顶上就只剩下米哈西卡一个人待在烟囱后面的幽静处。

他有时候到这里来，仰面躺下，一边享受铁皮屋顶的热乎劲儿，一边眺望天空的云彩。

一团团云彩从他眼前掠过，像白帆，也像那些童话里才有的野兽。有时候它们甚至又像一些戴着有角头盔、一副青面獠牙的法西斯匪徒，碰到这种时候米哈西卡总要和他们厮杀一番，用冲锋枪哒哒哒地猛扫一气。

如今不用打仗了，法西斯已被击溃，米哈西卡在屋顶上可真是优哉游哉。

瞧，那就是法西斯匪徒。米哈西卡从这里看得清清楚楚，一道带铁丝网的板墙后面有一群绿色的德国人在蠕动，他们在盖新楼。"你们就盖吧，盖吧！"米哈西卡心想，"你们破坏了一切，现在就盖吧。"

真无聊！好像故意似的，老去想战争和法西斯，不去想还不行。

他目不转睛地望着云彩，尽量想象出一些花朵来，然而他只看到一些爆炸的幻景。

米哈西卡眯起眼睛，决定不再去想打仗的事，也不再去想云堆中的那些爆炸的幻景。

他想到爸爸，睁开了双眼。

花朵从头顶上的云端里涌现出来。

二

上个星期米哈西卡和爸爸、妈妈到河对岸的那块自留地去了一趟。

太阳像是在捉迷藏，一会儿钻出来，像盛夏时节一样热得烤人，一会儿又隐身云端，这时马上又有了秋意。

他们从暗处走到亮处，又再进入暗处，很像是从一座岛屿出来，又踏上另一座岛屿。爸爸、妈妈和米哈西卡三个人手拉着手在这些岛屿上走来走去，那可真是惬意啊。

有时候，米哈西卡将他们两人甩在身后，自己跑出去很远，然后停下来看他们向他走过来。

一开始他俩的脸像两个小黑点，后来他俩越走越近，看得米哈西卡都笑了。爸爸的头发被风吹得乱蓬蓬的，他得眯着眼睛去看太阳。妈妈有时慢下来，走路一步一蹦，尔后迈起了大步，想跟上爸爸的步伐，但怎么也跟不上，只好又蹦，看上去非常可笑，因为很像一只想飞又飞不起来的母鸡。看着这些，米哈西卡心里乐滋滋的。

他俩越走越近，越走越近，米哈西卡则向后退。他俩眼看就要追上他了，他又笑吟吟地跑开了……

土豆地紧挨着一片小树林。这片树林不大，里面洒满了阳光。

他们的土豆地另一边紧挨着一条小河，河水清澈透明，因此完全可以用帽子去舀水来喝个够，一直喝到透心凉为止。

"你们瞧！"妈妈说，"咱们到了。向咱们的救命恩人致敬。"说完，她先鞠了一躬。

米哈西卡想笑，但他看到爸爸也煞有介事地鞠了一躬。

米哈西卡想起了他和妈妈刨土豆的情景。妈妈把沉沉的一大袋土豆背到停放大车的路边，到家后直接就摊在屋里的地板上，为的是把它们晾干了好过冬，所以屋里好久都会有一股淡淡的泥土和土豆的香甜气味。整个冬天都吃煎土豆、煮土豆，还把土豆捣成粉熬粥喝。

米哈西卡上前也鞠了一躬。旁人看了大概会觉得好笑，一家三口站在那里鞠躬，这是在向那块平展展的大地致意。

然后他们在小河边坐下来。米哈西卡把手臂伸进水里，从河底摸出来一把鹅卵石，放在手心里抛了抛，又仔细地端详起来。这一小把灰色小石子里有一块是透明的。米哈西卡将它转过来对着天空，小石子变成天蓝色；放在草地上，它变成草绿色；对着太阳，小石子则放出耀眼的光芒，仿佛它本身就是从太阳上掰下来的一小块。

爸爸摸了摸土豆的茎叶，有些地方已经有一嘟噜一嘟噜带籽儿的翡翠色浆果在晃动。

"你们知道吗？"爸爸说，"有一首歌是唱土豆乖乖的。"

他脱掉衬衫和背心，仰面躺下来，让太阳直晒在胸脯上。

"知道。"妈妈说，柔情绵绵地抚摸一下爸爸的面颊，将头枕在他胸脯上，直对他的心口。

"不！"米哈西卡喊起来，"我不知道！"

"可我们知道！"妈妈说。

"那好，那你们就唱吧。"米哈西卡说。

"这有什么，说唱我们就唱！"爸爸对妈妈说，"咱们来唱吧，怎么样？来唱那支土豆乖乖的少先队员之歌！"

"这就新鲜了！"米哈西卡笑笑，"还有唱土豆乖乖的少先队员之歌？"

爸爸和妈妈兴冲冲地唱了起来：

伙伴们，你们说说看——说说看——说说看，

我们在夏令营过得怎么样——怎么样——怎么样。

我们像那些小猫咪——小猫咪——小猫咪，

晒得暖洋洋——暖洋洋——暖洋洋！

听完，米哈西卡大笑，说："小猫咪——小猫咪——小猫咪，说说看——说说看——说说看……这首歌的歌词太有意思了！"

米哈西卡请爸爸妈妈接着唱，这次他已经是在随着他们唱了：

你好，土豆乖乖——土豆乖乖——土豆乖乖，

我们向你磕头——磕头——磕头……

他们又坐了一会儿，晒了晒太阳，互相泼了一阵水，妈妈的笑声四外都能听见，他们一遍又一遍地唱着土豆之歌，米哈西卡对那快活的小曲儿久久难以忘怀。

这道儿再远——再远——再远，

我们也不在乎——不在乎——不在乎……

"唉，"爸爸突然说，"就是得等好久啊！"

妈妈点了点头。米哈西卡不解地问道：

"什么得等好久？"

"是这么回事，孩子，我们决定了要盖自己的房子。我们现在住得太挤了。"爸爸回答说。

"盖那种老巫婆住的房子（俄国童话中老巫婆住在用鸡爪子架着的小屋里）？"米哈西卡问，心想爸爸一定会忍俊不禁。

"你呀，真是个童话迷！"爸爸搂着米哈西卡的双肩说，"不，我

们要盖真正的房子。尽管不大，但是自己的。"

"为什么？"米哈西卡觉得奇怪。

他喜欢他们现在住的那间舒适的小屋，屋里地板是黄的，黄得像是有人在上面泼了鸡蛋黄。他舍不得离开伊万诺夫娜外婆、丽莎和卡佳，舍不得离开屋顶上他常去的那个地方，也舍不得他们那整幢古色古香的大房子，他不能想象没有那幢房子。

"就因为……"爸爸兴冲冲地喊道，"够了！我打仗打够了！唉，我真是打够了！……现在想过真正的日子！舒舒服服的日子！自由自在的日子！什么都很富足，不论是吃的，还是空气、阳光，应有尽有！我们住得太挤了，够啦！我们也会有房子的！"

妈妈若有所思地说：

"得有带炉子的厨房。最好是两个房间：一间卧室，一间会客室。"

"会有的，卧室、会客室都会有的！"爸爸说，"等天一冷，我就和米哈西卡爬到炉顶上去，我们互相讲故事。怎么样，米哈西卡？"

这正合米哈西卡的心意。他想象着一棵老杨树下有那么一幢小屋，风在刮，雨在下，他和爸爸躺在热烘烘的炉顶上讲故事，妈妈在烙蘑菇、大葱馅的馅饼。他笑笑，爸爸像亲兄弟那样拍拍他的肩膀，说：

"瞧瞧，就这么着！"

他们又再一次唱起了少先队员的土豆乖乖。风儿在绿草间呼呼响，溪水潺潺，从一块块白石头上哗哗流过，太阳向地面投来阳光和阴影，很像童话中的一座座海岛。

> 少先队员的土豆乖乖——土豆乖乖——土豆乖乖，
> 是大伙儿的宝贝疙瘩——宝贝疙瘩——宝贝疙瘩。

他喜欢这首歌。就是怎么也想象不出爸爸和妈妈会是少先队员，虽说他们像他现在这么大的时候唱过这首歌。

"土豆乖乖——土豆乖乖——土豆乖乖！"米哈西卡快活地大喊大叫，"宝贝疙瘩——宝贝疙瘩——宝贝疙瘩！"

一朵朵云像一朵朵盛开的白花，正从他头顶上飘过。

等他们往回走的时候，爸爸突然变得严肃起来：

"只是我们还得等好久，恐怕一年是挣不下盖房子钱的。"

妈妈叹了口气。

他们走在大路上，米哈西卡从一座"小岛"跑向另一座"小岛"……

三

米哈西卡像尾巴一样跟着爸爸。爸爸去哪儿，他就跟着去哪儿。妈妈叫爸爸去集市上买东西，米哈西卡跟着去；爸爸就是随便出去走一走，米哈西卡也总是形影不离地跟着。

妈妈要拉他的手时，米哈西卡马上甩开，好像在说：我难道还是个孩子吗？可他却去拉爸爸的手，为的是让大家都看见这是他的爸爸。

更有意思的是：不管他们上哪儿，爸爸都像个孩子一样东瞅瞅、西瞧瞧，乐呵呵地傻笑。米哈西卡觉得跟他在一起很好玩。有一次他俩看见一家大门外有一只石狮子。这只石狮子米哈西卡见过若干次，但他从未想过，为什么大门外要摆上石狮子，而不摆上石狗或别的什么。可爸爸停住脚步，像对老熟人那样向石狮子点了点头，还对米哈西卡说，凡商人都在大门外摆石狮子，革命前都这样，如果大门外摆有石狮子，这家就必是商贾无疑。

看爸爸在大街上逛的时候总是很好奇的样子，好像所有的东西他都是第一次看到似的。而且他一直都是眼睛往上看，往屋顶上看，往树上看。他把军便服的领口敞开，好让呼吸顺畅一些。

他俩就这样形影不离地到处走来走去。

有一次爸爸要进啤酒馆去喝杯啤酒。他让米哈西卡在大街上等他，但米哈西卡硬是要跟爸爸一起进去。

啤酒馆开在一间小小的地下室里，里面有一股酵母和东西发潮了的气味。爸爸要了一杯啤酒，找到一张小桌坐下。这里的人非常多，闹哄哄的，灰白色的烟雾一层层地浮动着。

爸爸喝下一杯啤酒，本来都已经要出门了，忽然听见有人叫他。有个人怕弄洒了啤酒，正慢慢地向爸爸所在的小桌走来。那个人一只手端着三杯啤酒。

"啊，是谢多夫！"爸爸说，"你想把家底儿都喝光了？"

谢多夫并不生气。

"你说错了。"他回答说，"我是在庆祝发了一笔财呢，刚刚买到一头奶牛。"

他指了指一个老头儿，那老头儿显然是个集体农庄庄员。

"为了我添置的家产，请为我干了这一杯吧。"谢多夫往一只杯子上吹了吹，一团团泡沫飞溅到地板上。

他俩干杯。从此爸爸不再笑话人家谢多夫了，而是不停地问他有关奶牛的事。

"我马上就要喝上牛奶了！"谢多夫说，"你知道吧，牛奶加啤酒，啊，那真是棒极了！"

"你打哪儿搞来这么多的钱？"爸爸问，"买一头奶牛，怕是得把全部家底儿都卖了吧？"

谢多夫哈哈大笑。他的脸本来就圆，像一张带耳朵的圆饼，他一笑脸更圆了，眼睛都眯成一条缝。

"你想知道吗？"谢多夫将圆饼似的脸蛋儿凑到爸爸跟前，对爸爸咬着耳朵悄悄说了几句什么，然后哈哈笑个不停。

"你呀，谢多夫，真是个畜生！"爸爸说，皱紧眉头，像是牙疼似的。

米哈西卡心想，谢多夫肯定马上会跳起来，拳头往桌上"咚"地一捶，大嚷大叫一番，然而他并没捶拳头，也没大嚷大叫。

他和颜悦色地说：

"你只要想把生活安排得像个样儿，就会明白该怎么办了。"

爸爸说：

"我可是打过仗，当过侦察兵！你把我当成什么人了？"

"随你的便。"谢多夫一本正经地说，"谁也没强拽着你。战争是一码事，和平生活又是一码事。和平生活不需要侦察兵，什么都已经侦察好了，只需做出自己的抉择……"

爸爸不搭理他，分手时只冲他点了点头，然后拉起米哈西卡的手，便往回走了。一路上，爸爸眼睛望着脚下，沉着脸不说话，一直到了楼门口才问道：

"米哈西卡，你想喝加啤酒的牛奶吗？"

米哈西卡摇了摇头，那意思是说：牛奶当然想喝，可干吗要加啤酒呢？

"我呀，告诉你吧，真想喝。"爸爸沉思地说，"不过得看是怎么喝？"

"不，我最好还是喝奶，啤酒你自己喝吧。"米哈西卡说。

爸爸笑笑，把一只手搭在米哈西卡的肩上。

"不过得看是怎么喝？"他又把这句话重复了一遍，仿佛没听见米哈西卡说什么似的。

四

妈妈想起要洗衣服，就把他们爷儿俩轰走了。于是他俩去看电影。

影片名叫《狼孩儿》，说的是一个小男孩儿在热带丛林生活的故事。米哈西卡对这部电影很感兴趣，但在看的过程中一直有一种压抑感。

突然，他想到了邮票，这仿佛给了他当头一棒。他想到了萨瓦捷伊夺去的那本集邮册，那些邮票上也有电影里那样的热带丛林图案。

电影散场后，他俩又慢悠悠地在大街上走着。爸爸又在东张西望，还解开了衣领，可米哈西卡一直在绞尽脑汁，不知道该怎么说起邮票的事。

如果说实话，那可真是件丢人现眼的事，因为他把集邮册给了萨瓦捷伊，根本没有反抗；如果撒谎……爸爸却突然笑了，告诉米哈西卡说，他小时候读过一本写狼孩儿的书，当时就曾起过到非洲去的念头。后来改变了主意，因为不知道非洲在何处，是在河对岸，或者恰恰相反，还是在别的地方。

他俩笑了。米哈西卡把爸爸的手攥得更紧，邮票的事又抛到九霄云外去了。是啊，两个人在一起走路该有多好！好在妈妈没出来，留在家里洗衣服了。跟爸爸在一起更好，两个男子汉在一起，笑得多开心。

在板墙一旁的柏油便道上停放着一辆滚珠轴承小木车，车上坐着一个双腿截肢的残疾军人。

他穿一身军便服，军官马裤被从下面剪开，在断肢端缝合起来，军便服上没有肩章，只佩戴了勇敢奖章和其他近卫军证章。

一顶缀有红星的船形帽翻过来摆在小车面前，里面放着硬币，甚至还有纸币。米哈西卡不止一次见过这个军人。

记得有一次，这位残疾军人醉醺醺地坐着这辆破车在大街上疾驶，轴承像飞机一样发出嗡嗡的声音，他边跑边喊道：

"喂，快闪——开！近——卫——军来了……"

街道有一段下坡路，残疾军人撑着木把手，他的小车跑得飞快，可他还不停地加快速度，还一个劲儿地大喊大叫。

突然，他不再喊叫了，接着米哈西卡看见小车撞到了什么东西，残疾军人扑通一声栽倒在地。在惯性的作用下，他被拖出去有好几米远。有人向他跑去，想帮他忙，他却骂娘，自己爬了起来。军便服的袖口被扯破了。这时残疾军人突然大哭起来，冲着整条大街大号大叫。过路人看到这一情景都静下来，停住了脚步，默不作声地望着他。一辆从一旁驶过去的拉柴卡车也刹住了车，司机阿姨从驾驶室里探出脑袋。残疾军人却慢条斯理地从人们围成的一条通道向板墙边他常待的一个地方挪去……

米哈西卡看了爸爸一眼。爸爸还在盯着残疾军人瞧，很长时间才挪动一下双脚，小声地说：

"战争把谢廖扎害苦了啊……"

残疾军人喝醉了。他呼呼地睡着，根本不理会周围的人，有时候还全身抖动一下，醒过来喊道：

"赏近卫军人两个酒钱吧！"

他用浑浊而沉痛的眼神扫视着大街，仿佛是在挑战大伙儿，那意思是说：瞧，我就是讨钱喝酒，看你敢不给！一枚枚硬币啪啪地落入船形帽里，可他又把脑袋耷拉在胸前，打起呼噜来了。

船形帽是翻过来的，上面的红星尖儿冲下，就这样摆在过路人的脚下请求施舍。米哈西卡很想跑到残疾军人那里去把红星摘下来，免得让它染上污垢。这个军人给他留下了极坏的印象。他想，这位两条腿都截去的老兄大概是故意不摘下红星、奖章和近卫军证章，有意这样撒泼、叫嚷——就是为了多讨得一些……不过他又想，要是自己也没了两条腿呢……米哈西卡对自己刚才的那些想法感到脸红。没有腿是挺糟糕的，太可怕了，人不能没有腿。

米哈西卡瞥了爸爸一眼。

爸爸还在那里站着，专注地看着残疾军人，只见爸爸脸上一道深深的皱纹横过额头，两道眉毛也几乎连到了一起。

"这个可怜虫喝得太多了。"爸爸说。

"你认识他？"米哈西卡问。

"认识……认识……怎么会不认识呢？我们在一起打过仗。好了，咱们走吧！"爸爸回答道。

他紧紧地攥住米哈西卡的手，拉着儿子来到街的对面。爸爸的脚步在加快，刚才的那种安详和快活劲儿一扫而光。他越走越快，像是身后有人追他，有人在看他，可爸爸又不愿让别人认出来，不愿叫别人追上。

"要是叫人看见了，你想甩也甩不脱。"他边说边又回头看了那位残疾军人一眼。

米哈西卡一下子还听不懂爸爸说的是什么意思。刚才爸爸看残疾军人时皱着眉头，咬紧牙关，米哈西卡还以为他大概是看到一个人被战争夺去了双腿心里难受。其实他很可能是想到了自己，因为他从前线回来也完全有可能是这个样子的啊！

他俩来到街对面，爸爸马上镇静下来，又变得十分快活，仿佛就没有过那个残疾军人。

米哈西卡想象自己处在爸爸的位置上，萨什卡处在残疾军人的位置上。莫非，莫非他能做出爸爸的这种事来？……肩并肩战斗过……当然喽，爸爸说的也是实话，谢廖扎一定会缠着要钱的，但是那又有什么办法呢？

米哈西卡想起他曾打算告诉爸爸关于邮票和萨瓦捷伊的事，不过现在这事也小得不值一提了……

他没有说话，只是又看了看爸爸，看了很长、很长时间。

五

转眼到了九月一日。

春天米哈西卡念完了四年级，他当时曾想该转学了。他甚至曾经偷偷地感到自豪，因为尤利娅·尼古拉耶夫娜说过，他已经在一所学校毕业，已经具备初等文化水平，现在该升中学了。

但是小学毕业并不是那么简单的事。米哈西卡平生第一次参加考试，不用说是相当的紧张。不过作文他得了满分，其他科目的考试（尤利娅·尼古拉耶夫娜不知为什么称之为考验）也考得很好，最后领到了一张小学毕业证书——一张大白纸，上面记录了他所有科目考试的成绩。

当尤利娅·尼古拉耶夫娜像对所有的同学一样，庄重地把毕业证书发给米哈西卡时，他心里很不是滋味，无论什么样的学校都不想转了。所有的同学也都说，他们哪儿都不想去，最好一辈子就在这里上学，永远和尤利娅·尼古拉耶夫娜在一起。她笑吟吟地说，反正她只教到四年级，不过这时候他们的初级小学正赶上改为七年一贯制学校，因此米哈西卡全班又都留在学校里。

所以九月一日那天，米哈西卡不是慢悠悠地走路，而是像袋鼠那样一蹦三跳地来到了学校。上第一节课前，他在院子里玩了一会儿跳背游戏，还和萨什卡争了几句，说红星勋章丝毫也不比红旗战斗勋章差，因为红星与红旗完全是一码事儿。

后来铃声响起来。伊万诺夫娜外婆带着一只木柄铜铃来到院子里。这只铜铃由于用的时间过长，舌头都掉了，如今只好用根电线缠上一个铁垫圈来当舌头，所以铃不是丁零丁零地响，而是叮当叮当地轰鸣。

等他们都坐好，尤利娅·尼古拉耶夫娜带一个人进了教室。此人高高的个子，剃着光头，戴眼镜。尤利娅·尼古拉耶夫娜的个子刚刚到这个人的肩膀。

尤利娅·尼古拉耶夫娜说：

"现在你们都是大孩子了，已经是五年级的学生了。从现在开始教你们的不再是一个老师，而是好几个老师。你们以后就好好学吧……"

她还是穿着胜利日那天穿的那件连衣裙——雪白的花边领子，胸前还佩戴两枚列宁勋章。

全体同学都为尤利娅·尼古拉耶夫娜感到骄傲。她一个人有两枚勋章，而且都是高级勋章！全市还没有一个老师受到如此高的奖赏。妈妈时常对米哈西卡说，尤利娅·尼古拉耶夫娜还在沙皇时代就教过书。瞧，她的教龄多么长啊！

尤利娅·尼古拉耶夫娜不再教他们了，为此女同学吱哇乱叫，但她用一个手指头朝她们做了一个威吓的手势便走了。

如果米哈西卡是女同学也会吱哇乱叫的，这是再正常不过的事。他想起他们还在一年级、二年级，甚至直到去年，每天早上第一节课前，尤利娅·尼古拉耶夫娜总是从她的书包里取出一个灰色小盒和一把勺子，然后从课桌中间走过，将盒子里的小圆球分给大家。这些小圆球是维生素。

大家都吧嗒着嘴吃维生素。而等到课间大休时，伊万诺夫娜外婆又提一只桶进来，里面盛的是一种碧绿色的汁液。尤利娅·尼古拉耶夫娜还得看着大家，以防有人把这些汁液倒在花盆里。因为这些汁液又苦又涩，很不好喝。尤利娅·尼古拉耶夫娜下课后不回教员室，而是留下来督促所有的同学把这种药液喝下去。

每逢星期六，放学后她将身体最弱的几个同学留下，把他们领回家，让他们喝热茶，她搁的不是糖精，而是真正的白糖。

米哈西卡也到她家去喝过这种茶。尤利娅·尼古拉耶夫娜这个时候总要给他们讲些有趣的故事，还劝大家都喝了，不要不好意思，因为一个人能从甜茶中补充到很多营养。有时候她还给大家吃抹上黄油的面包。

尤利娅·尼古拉耶夫娜不仅仅只让米哈西卡班的同学上她家喝茶，还叫其他班的同学也去，甚至伊万诺夫娜外婆的外孙女丽莎还没上学之前也去她家喝过。

伊万诺夫娜外婆有一次告诉米哈西卡的妈妈，说尤利娅·尼古拉耶夫娜因为两次被授予列宁勋章能领到一笔钱。她开始不去领，后来去领了，就用这笔钱到集市上买来真正的白糖和维生素。抹着黄油的面包是她用自己的工资买的，她还说她是一个人生活，所以钱够花了，而孩子们需要加强营养。

尤利娅·尼古拉耶夫娜就是这么一个人。可现在她不再教他们了，而要去教那些小不点儿，教他们写字和数数，又要去给他们发维生素。

米哈西卡难过极了。他想，尤利娅·尼古拉耶夫娜真像他的奶奶一样。

他说不上来奶奶是什么样子，在他心里就是像尤利娅·尼古拉耶夫娜那样。

六

现在每一学科——俄语、数学、历史——都由不同的老师来教。这原来还挺有意思的，因为这些老师都各有特点。

剃光头的数学老师伊万·阿列克谢耶维奇因为脑袋长得圆，又有一对圆耳朵，所以同学们给他取了个"电灯泡"的绰号。米哈西卡喜欢这个老师，他不像"美人鱼"尼娜·彼得罗夫娜那样令人讨厌。

每当有同学被叫到黑板前却解不出算题时，他不生气，而是觉得奇怪：这是怎么回事呢？伊万·阿列克谢耶维奇给分时一般喜欢加上加减符号。他通常都是给 2 分、3 分、4⁻ 和 4⁺，最低和最高分能分别给到 1⁻ 和 5⁺。不错，给这种分数的情况不多。比如说，要是有人平时测验时作弊了，或者题解得连他也觉得稀奇时，他才这么给分。萨什卡就有过这么一次。

那是在一次平时测验之后，就在"电灯泡"把打上分数的练习本发给大家时，他突然叫萨什卡起来：

"萨什卡，你知道吗，你的得数不对。"

萨什卡低头不语。

"不过你很不简单！""电灯泡"说，"你用自己的方法解了题，我给了你一个 5 分，外带一个加号。你坐下吧。"

萨什卡的脸一直红到耳朵根，而伊万·阿列克谢耶维奇却站起身，在教室里走开了。

"是的！"数学老师说，"正是如此！就是要让这些问号像小虫子一样往脑子里钻，使你们永远不得安宁！"

米哈西卡当时还笑了：干吗要让那些小虫子弄得自己不得安宁呢？但他发现自那以后，同学们再也不叫数学老师"电灯泡"了。

除了数学，伊万·阿列克谢耶维奇还教他们体育。同一个老师，既教庄重的数学，又在轻松的体育课上任教，这不用说是很有趣的。米哈西卡发现伊万·阿列克谢耶维奇本人似乎对此也感到有些不可思议。但那时候教师匮乏。上体育课时如果有一个队人数不够，他甚至还凑数和同学们玩玩足球。

伊万·阿列克谢耶维奇无论上数学课还是上体育课，都穿着那身去了肩章的军官制服，就是胸前有一道先是黄，再是红，然后又是黄的三色横杠，这说明他负过两次重伤和一次中等伤。尽管伊万·阿列克谢耶维奇并无残疾，但由于米哈西卡在妈妈医院里见过重伤员的那种痛苦样子，因而对他还是怀有恻隐之心。

七

再来说说"美人鱼"尼娜·彼得罗夫娜，她完全属于另一种类型。同学们叫她"美人鱼"，不仅因为她头发长，还因为她教俄语课。尼娜·彼得罗夫娜总是忙忙碌碌。如果你答错题，或者稍稍有些忘了，她马上就会给你打2分。以后你就得老跟在她屁股后面，求她再给一次答题的机会。

同学们都怕她几分，不喜欢她，米哈西卡也不喜欢她。尤利娅·尼古拉耶夫娜教他们时，他的作文都是5分，是同学们公认的"俄语课尖子"，可如今却老是在3分以下。

有一次，尼娜·彼得罗夫娜在他的记分册里画了个大大的2分。这是新学年的第一个2分，所以米哈西卡心里很不好受，再说课堂上讲的是后缀，这是最容易不过的了，他都会，就是不知道为什么一时慌了神，竟举不出例子来。

他好不容易挨到放学，离开了学校，但他不想回家。他送走了萨什卡，又在大街上逛了一阵儿，不知不觉来到了集市。

集市上人山人海。有个老兵捧着一个面包，正在和一个老太婆讨价还价。一个裹着花披肩的大婶在木板墙前走来走去。板墙上用图钉按着莫名其妙的画，上面画有一只天鹅和一个女人头。天鹅在平静的湖面上游弋，湖岸上有个腰佩弯剑的男人。还有一张画上面的那位佩剑大叔蓄着乌黑的胡须，有些像恰巴耶夫。在天鹅和恰巴耶夫的前面，地上铺着报纸，报纸上摆着长长的一排灰色的猫。猫是瓷做的，脑袋顶上有个窟窿，它们是储钱罐。

米哈西卡又到卖锈铁钉、干油漆和战前出版书籍的旧货市场上转了转，看了看关着活公鸡的鸡笼，一位长着蒜头鼻子的大叔将一只只公鸡从笼子里拿出来准备卖掉。

他走出集市，但突然像是被绊了一下。只见卡佳站在一只装满烟头、纸片和其他一些脏东西的垃圾箱旁，有一群人围着她。

米哈西卡向前挤去，看见卡佳身边有只篮子，篮子里面有两只长颈大玻璃瓶。她从其中一只瓶子往杯子里倒格瓦斯，待顾客喝完后，很快在一个大盆里涮一下杯子，再往里倒满格瓦斯。天气有些闷热，所以卡佳的买卖不错。

米哈西卡本想挤出去，但排队的人把他推到了卡佳跟前。

卡佳看到米哈西卡后全身哆嗦了一下，这意外的情况使她眨巴了一下眼睛，不过马上回过神儿来，递给米哈西卡一杯格瓦斯。

"喝吧。"她说。

米哈西卡接过杯子，一饮而尽。格瓦斯不怎么好喝，味道有点儿涩。

"好喝吗？"她问。米哈西卡似乎觉得她有些不好意思。

卡佳在念七年级，可她却在集市上卖格瓦斯，就像那位卖画的大婶和卖公鸡的大叔一样！如果让他在集市上做买卖，他可得羞死！

妈妈下班回家的时候，米哈西卡正在用功，在看俄语书呢。

他以为这是最好的伪装。但如果他全神贯注地看课本，妈妈总是爱问他：

"做什么功课？"

这样就得报告一遍。

妈妈把锅弄得叮当响，喊道：

"你大声地背一遍，就像在课堂上一样。我来当你的老师，所以你别想偷懒……"

他不想和妈妈抬杠：爸爸很快就要回家了，万一她告诉爸爸呢？

米哈西卡从桌旁站起身，像真正在课堂上一样。

他开始说起来：

"后缀，是词的一部分……"

语法规则他知道，现在该举例说明了。

"比如说，Коза（山羊）—— Козочка，Книга（书）—— Книжечка。"光这两个例子还是不够！米哈西卡决定再胡诌几个。

"Двойка（2分）—— Двоечка。"他说。（妈妈在炉台边险些笑出声来。）"Двойка——Двоечка。"米哈西卡重复了一遍。

"Мама（妈妈）—— Мамочка……"

妈妈笑了。

"好了，好了！"她说，"你还别讨好（指 Мама 加上后缀便成了表爱的 Мамочка），我是不会说……"

有人敲门，是卡佳来了。她把米哈西卡叫到走廊里，把他领到一个角落，递给他一块公鸡棒棒糖。他今天在市场上见过这种糖，有个胖墩墩的大婶手捧着一个 500g 装的罐子，里面塞满了这种公鸡棒棒糖。有好几只"公鸡"从罐子里探出身子，于是整个罐子看上去像朵特别甜的花。

"给，米哈西克，只是千万请你不要对任何人讲今天的事。"卡佳说。

卡佳的那双眼睛，还有她整个纤细瘦小的身子都在求米哈西卡别把他在集市上看见她卖格瓦斯的事告诉任何人。

"看你说的！"米哈西卡说，"我是个爱嚼舌头的人吗？至于棒棒糖嘛，你拿去给丽莎吧。"

卡佳还想使劲把棒棒糖塞给米哈西卡，但他深情地瞥了她一眼，她马上便决定回家去了。

"谢谢，米哈西克。"她说。

"看你说的！"米哈西卡回答说，他可怜起卡佳来了。

八

第二天，虽说米哈西卡在走廊里碰见尼娜·彼得罗夫娜时，曾恳求她叫他起来答题，但她就是不提问他。只是快下课时，她看着点名册，嘟嘟哝哝地说道：

"米哈西卡，你如果想把那个 2 分改过来，放学后就留在教室里。"

米哈西卡留了下来。他坐在空空荡荡的教室里，翻着教科书，心里却想着，这位"美人鱼"真让人讨厌啊，她一会儿准得叫我把全本书看上一遍，然后给打个 3 分，还说这就不错了，快说声谢谢吧，谢谢她这个好心人。

门开了，米哈西卡以为是尼娜·彼得罗夫娜进来了，他一跃而起，当他回过身去忍不住笑了。来的根本不是尼娜·彼得罗夫娜，而是提着两只桶的伊万诺夫娜外婆，她旁边站着丽莎。

"放学后你被老师留下了？"伊万诺夫娜外婆问。

"是的，"米哈西卡回答，"我得了个 2 分。"

伊万诺夫娜外婆叹了口气，说：

"是尼娜·彼得罗夫娜给的吧？她的心好狠，她肯定没当过妈妈。"

丽莎挽起袖子，在桶里投了投抹布，开始擦课桌。她的头发垂下来遮住了眼睛，于是努起下嘴唇，很可笑地吹着头发。伊万诺夫娜外婆用墩布擦地板，她的头不停地抖动着。

两个人不声不响地干着活，精神高度集中。伊万诺夫娜外婆有时停下来，用手臂擦去额头上的汗水。

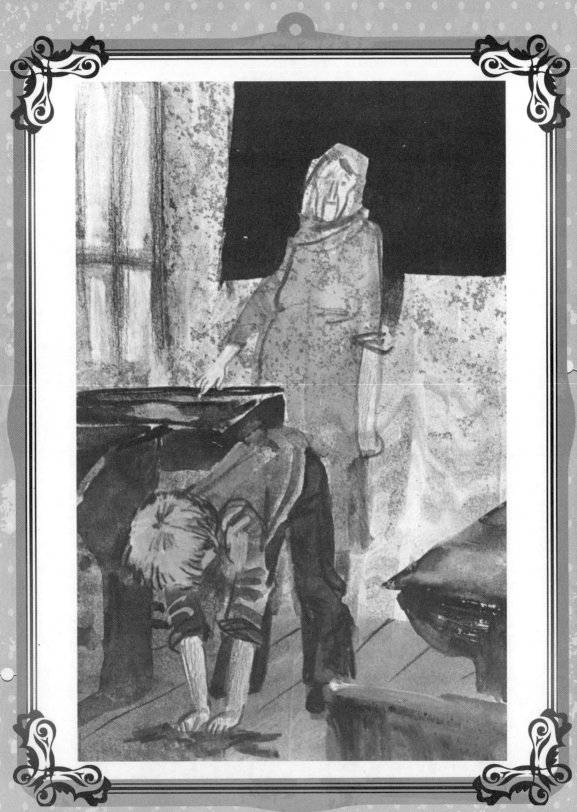

米哈西卡突然像是被人轻轻地打了一下，他甚至脸都红了。瞧，丽莎和外婆在干活，他却坐在一旁翻书。米哈西卡挽起袖子，从伊万诺夫娜外婆手中夺过墩布来擦地板。但是他用墩布很不顺手，于是干脆抓起抹布擦洗起地板来。

"米哈西卡，你别忙了，别忙了，米哈西卡……"伊万诺夫娜外婆说。但米哈西卡并没罢手，而且干得很快。

后来他们又去收拾另外一间教室，米哈西卡还是擦洗地板，嘴里还一个劲儿地埋怨那班的同学把地板弄得太脏，留下那么多垃圾。他看到地板上有锈钢笔尖、铅笔屑，还差点儿被针扎伤了。

他们一直干到天黑，这时米哈西卡才想起尼娜·彼得罗夫娜在等他。他快步跑下楼梯，进教员室去看了一眼。可是尼娜·彼得罗夫娜走了，米哈西卡这才上楼去取书包。

"别告诉外婆，"丽莎对他说，"她会难过的。"

伊万诺夫娜外婆到楼上来了。

她一边收拾东西准备回家一边说：

"米哈西克，你真是个好孩子。瞧，我们完成得非常快。"

丽莎拿来一个大纸包，里面有黑面包皮，有吃剩下的面包，甚至还有整片整片的。外婆将这些东西装进手提包，一边自言自语地嘟哝道：

"这可真是太好了……这些面包皮不错。"

"这些拿去干吗用呀？"米哈西卡问。

伊万诺夫娜外婆回答说：

"拿去做格瓦斯，米哈西克，拿去做格瓦斯。我们用这些面包皮来熬格瓦斯，再拿去卖。格瓦斯多少能帮我们些忙……"

米哈西卡想起了卡佳在集市上卖格瓦斯的情景，还想起了她送来的公鸡棒棒糖……

九

做好功课以后，米哈西卡经常去伊万诺夫娜外婆家找丽莎和卡佳玩儿，所以这个小小家庭的全部生活他都了如指掌。

他记得姐妹俩的妈妈——她高高的个儿，白皙的脸孔；他还记得她那件用军大氅改成的草绿色大衣。

所有的人间不幸毫不留情地落到了伊万诺夫娜外婆和小姐俩身上。

战前卡佳、丽莎和妈妈一起住在守卫国境线的爸爸那里。爸爸是个军人。战争爆发后，他立即把她们送回伊万诺夫娜外婆家。运送难民的列车走得很慢，等卡佳和丽莎与妈妈终于来到外婆身边时，老太太给她们看了爸爸的阵亡通知书。

后来卡佳的妈妈找到了工作。那时候疏散到这里来的人很多，每天都不止一列车，找工作并非易事，她总算在面包厂找到了用小车往各个商店送面包的差事。在面包厂干活就有一个好处——有时可以向面包房的女工们讨来一半块面包。这种事被发现是要受到严厉处罚的。如果保卫人员抓住哪位工人身上带着面包，就会立即送交法庭审判。但是没东西吃，卡佳和丽莎就会饿肚子，所以她们的妈妈也只有豁出去了。

每天她用胸脯顶住横梁，拼命地推着小车。小车并不很大，一个吃饱饭的健康人要推它并不费吹灰之力，但她们的妈妈自从爸爸死后常常患病，又吃不饱饭，还要半夜两三点起来，因为这个时候厂里发放新烤的面包，所以得赶去和那些也是推着这种小车、也是这么苍白孱弱、同样穿着白大褂的女人排队，装上面包后及时送到各个商店。

卡佳的妈妈经常来不及数发给她的面包有多少。如果面包少了一个，就意味着得到集市上去花三百卢布买来补齐。可她从哪儿弄这笔钱呀？

有时又是另外一种情况，发面包的人数错了，多给了一两个，这个问题不大，对他们的处理不那么严。碰到这种情况她们的妈妈就把多给的面包藏好，带回家去。两个女儿见到面包高兴得手舞足蹈，她俩争着把面包掰开，妈妈看着她们忍不住偷偷地笑了。她大概是觉得有愧，因为她骗了别人，但是饿着肚子也就顾不得廉耻了，何况还是自己的孩子在饿着肚子。

妈妈推的小车是旧的，有时竟会掉下一个轱辘来。

在一个泥泞的秋日里，米哈西卡外出时，突然在路边看见丽莎和卡佳的妈妈正在掉了一个轱辘的小车跟前跪着。她想修好它，把轱辘安在车轴上，但车上装满了面包，而且面包还没完全烤熟，小小的一个都得有一斤来重，那时候人们都说，面包里被故意掺了水，所以她抬不起那往一边倾斜的小车。米哈西卡走过去，想帮她把车抬起来，但那时候的他瘦得皮包骨，根本就帮不了这个忙。

卡佳的妈妈求他到面包厂去一趟，要厂里派人来帮忙。米哈西卡跑去了，好不容易等到从工厂大门里出来了三个也是送面包的女工，他把她们带到小车出事的地点。

还有一次，米哈西卡看见卡佳和她妈妈一起推着小车的横木往前走。泥泞湿滑的路面又使小车滑到了一边。米哈西卡向她俩跑去，三个人一起拉。他觉得他们仨很像他在战前杂志里看到的一幅画上的那些人物：一群衣衫褴褛的人在沿河拉一艘驳船。只不过他们的穿着不是那么破烂罢了。

1941 年的秋天，大祸降临。

大清早天还没亮，走廊里突然爆发出一阵狂叫。米哈西卡从床上跳起。妈妈只穿着小褂跑到走廊里，而且很快就回来了，脸色变得煞白。

她点起煤油灯，一声不响地坐了好久。米哈西卡缠住她不放，一再问她出了什么事，他想到走廊里去看看，但妈妈不让他出去，后来才说是丽莎和卡佳的妈妈让汽车给轧死了。

米哈西卡不相信，再一次向门口走去，但妈妈拉住了他，从里面把门反锁上后便躺下了。她觉得身上发冷。她也许在想：这种事如果出在她身上，那该怎么办呢？米哈西卡该投奔何处？因为他们既没有外婆，也没有别的亲人，就是说，他只能被送到孤儿院了。

米哈西卡和妈妈一起去送殡。送面包的女工从她们一直推着的车上摘下盖蓬，将两挂车连在一起。有人带来了枞树枝。这些枞树枝十分奇特，一片银白色，非常好看。枞树枝梢装饰着拼起来的两挂车，上面再放上木板棺材。这些送面包的女工从手提包里掏出白大褂，套在大衣外面。最后她们在四周围扶住这挂车，朝墓地方向推去。

她们默默地走着。她们推的面包车可能从来没这么冷清过。棺材都钉好了，米哈西卡从此再也见不着丽莎和卡佳的妈妈了。两个小姑娘挽着外婆的胳臂朝前走，老太太的头一直在抖。一夜之间她的头发全变白了。

后来米哈西卡才听说，卡佳和丽莎的妈妈推的那辆面包车在薄冰上打滑了，她后面紧跟着一辆卡车，司机马上刹车，但汽车在冰上刹不住，径直冲着小车轧过去……

十

几天以后，卡佳告诉米哈西卡，说轧死她妈妈的卡车司机也是个女的，送殡时她和她们走在一起，但米哈西卡不认识她。

他后来见过这个女司机，是个上了年纪的大婶。令人奇怪的是她会开汽车，不过那时候妇女干什么的都有啊！她给伊万诺夫娜外婆送来白面，这白面是她拿东西到乡下换来的。后来她又送来钱。送钱时候米哈西卡也在场，他当时正在和卡佳一起做功课。以后她还来过很多次，但后来很久没有再见到她，以至米哈西卡都不记得她长什么样儿了。伊万诺夫娜外婆也是过了很长时间才知道，这位瘦小的大婶竟然得斑疹伤寒死了。

伊万诺夫娜外婆哭了，对她的哭米哈西卡觉得有些不可思议，因为正是这位大婶开车轧死了她的女儿，让两个外孙女成了孤儿。

然而伊万诺夫娜外婆哭得很伤心，就像是她失去了亲人似的。要知道当这位大婶轧死卡佳和丽莎的妈妈那会儿，她甚至还去过法院，要求不要给这位大婶判刑。

"一点儿也不怪她。"老太太说。就是在这次"一点儿也不怪她"的事故之后，老太太的头才开始抖的。

自从女儿死去之后，伊万诺夫娜外婆和她的外孙女的日子就不好过了。在米哈西卡念书的那所学校，规定学生在第八食堂用餐，同学们都能领到一顿饭的餐券，只是这些餐券还是得付钱。伊万诺夫娜外婆的钱不够买卡佳和丽莎两个人的，所以她只给丽莎一个人买了。

米哈西卡吃饭的时候，经常会有个小男孩或小姑娘来到他跟前说："请给我留一点儿吧。"要不就干脆在对面坐下来，望着他的盘子，看米哈西卡会不会剩下一个土豆或一口汤。这样的孩子不少，大家都管他们叫第八食堂的"胡狼"。米哈西卡经常在那些面孔不一的人群中找到卡佳，因为她也算是只"胡狼"。卡佳为这个绰号感到害臊，也羞于伸手向人家讨食。她经常在餐桌中间走走，看到桌上有吃剩下的一小块面包或别的什么东西，她就拿走。可如果有人还坐在桌边吃饭，她是从来不会走过去的，也不会盯着别人的嘴看。

米哈西卡只要看到卡佳，就会向她招手。虽说她在米哈西卡面前没有什么不好意思的，但她还是会红着脸走到桌前。于是米哈西卡总要把第一道菜和第二道菜都和她分着吃，还留下半杯果子羹给她。

不错，这以后他的肚子会饿得咕咕叫，而且一到晚上妈妈下班之前会不止一次地饿得直流口水，但只要一看到瘦得像副骷髅，只有眼睛还炯炯有神的卡佳，他就不能不叫她。他时常想到战争，战士们在前方作战，他们大概也是最后一块面包分着吃，烟分着抽。一想到这里，只要有想自个儿吃掉而不叫卡佳的念头，他就感到羞愧。

还有一件事，也是米哈西卡亲眼所见。有一次，米哈西卡来找卡佳，可她不在，只有丽莎在哭天抹泪地望着一块胶合板上几个撒有糖渣的小白面包。丽莎望着面包，哭得鼻子通红，她不停地用衣袖擦着眼泪。原来是外婆天还没亮就叫丽莎和卡佳起来，让她们到面包店去买回来凭证供应的小白面包，这种面包上面还撒有一层糖渣。能弄到这种面包是一件大快人心的事，因为可以把它们拿到市场上去卖高价，然后买回来更多的黑面包。

在去市场之前，伊万诺夫娜外婆到学校去了，丽莎留下来和这些小白面包在一起。她对着这些面包看了很久，然后忍不住去舔一个面包上的糖渣。她舔完了，觉得面包也没什么变化——面包还是面包，因为她没敢咬下一口，只是舔了上面的糖渣。就这样，丽莎舔完了所有的面包，这时才突然发现，一个个面包都是光秃秃的，已经没有糖渣了，再也不会有人来买啦，所以她只有坐在那里抹眼泪。

米哈西卡可怜起丽莎来了。他千方百计地安慰她，心里却想，自己怎么变得这样悲天悯人，就像一个老太太无论什么事都可怜别人。真该打丽莎一大巴掌，想想吧，她把这些面包都给毁了，可他又下不了手。丽莎的身体本来就够瘦弱的了。

这时外婆回来了。看到面包上已经没有糖渣，又看到哭成泪人儿的丽莎，她在门口站了一会儿，一声不吭，头抖得更厉害了。她一句话也不说，走到橱柜的后面去了。

这件事是发生在战争时期，而如今战争已经结束。只是伊万诺夫娜外婆家的境况依旧没有任何改善。她老人家依然在用土豆皮做菜团子，星期天带上两个外孙女到树林里采蘑菇、浆果和橡实。她把橡实放在烤盘上烤，然后磨成粉，就成了橡实咖啡。夏天她们喝荨麻汤，采吃酸模——夏天日子还算好过。可到了秋天、冬天，情况就不妙了。伊万诺夫娜外婆分到的那块土豆地很小，所以她又犯起愁来，不知该怎样熬过这个冬天。

现在是秋天，她们家门上常常挂着锁。放学后卡佳总要叫上丽莎，她俩一起到土豆地去刨出那些像指甲盖儿一般大的土豆，因为就剩下这么小的了，大一些的都已经被捡得精光。或者带着口袋到菜库门口，等着也许会从车上掉下一两个红萝卜、大头菜或胡萝卜。她们背着外婆用东拼西凑来的碎布缝的口袋，因此姐妹俩看上去更像是要饭的。

米哈西卡知道，在她们的妈妈死后，那些运送面包的女工来找过伊万诺夫娜外婆，建议她将卡佳和丽莎送孤儿院，或者去找有钱而又没有孩子的人家，他们很可能会收养这姐妹俩。有些人家在疏散去后方的途中孩子死掉了，他们很伤心，很愿意再收养孩子。

但是伊万诺夫娜外婆冲着那些送面包的女工大声嚷嚷，痛哭流涕，把两个外孙女紧紧搂在怀里。女工们只好作罢，只是有时候会从厂里给她们送面包来。

卡佳想退学，她甚至还在卫戍部队食堂找到了洗碗工的差事。外婆却说，只要她还有一口气，就不叫她去工作，而要让她上学，十年制中学毕业后再上大学，因为大学有助学金……

十一

米哈西卡很喜欢爸爸所在的那家工厂。

不错，他从来没去过那里，但工厂的烟囱在全市最高，整天都在冒烟，大门还像国境线上一样有卫兵把守。

爸爸现在不再穿军便服，而是穿着普普通通的便装。不过这不重要，重要的是爸爸是个能人！米哈西卡逢人便说爸爸是个能人——父亲不仅是个熟练的工人，还是个能工巧匠，这么说不是没有根据的。

你看他窝铁片，焊铁桶，修电炉子，干什么像什么！

米哈西卡现在放学后不再满城里闲逛，而是用最快的速度跑回家，吃上一片面包，便急急忙忙地把功课准备妥当。

他要赶在爸爸下班回家之前把功课都背熟，当然还要背得滚瓜烂熟，他要让爸爸高高兴兴地瞧着他，和他谈一些正经事。

爸爸不知从什么地方搞来一把烙铁，在桌子边上安了一副老虎钳，这样一来他们的房间看上去就有点儿像个洋白铁修理铺了。一些旧铁桶、铁盆、煤油炉、汽油炉、电炉和各种各样的锁占去了半间屋子。爸爸小心翼翼地拿着每件东西，仔细地检查一遍，琢磨着怎样才能尽快修好，然后才动手干……

他的双手像小鸟一样上下翻飞，轻松自如，好像他根本就没打过仗，没向法西斯强盗开过枪，一直就是在修铁桶和别的东西。

整个街区的主妇们听说爸爸凡活都收，而且什么活都能干，就把自己的那些破烂家什都给他送来了。爸爸满脸堆笑，向屋角点点头，示意她们把铁桶或煤油炉放在那里，还告诉了来取的日期，然后又埋头修补起那些各式各样的破烂家什。

有一次，那个脸儿像大饼一样的谢多夫大叔捧着一台留声机来找爸爸。

爸爸给谢多夫推过去一把小凳子，仔细地查看他的留声机。

"怎么样，还喝掺牛奶的啤酒吗？"爸爸问。

"喝，亲爱的，喝。"谢多夫笑起来，"还有下酒菜呢。你呢，想必都是在喝面糊糊吧？"

爸爸仔细地瞅了谢多夫一眼，米哈西卡觉得爸爸马上就会把留声机向那块白皙的圆饼砸去。但是爸爸没扔留声机，也什么都没说。

"大概是日子不好过吧？"谢多夫一本正经地说，"下班以后还干活。我可是自己……"

"好啦，"爸爸打断他的话，"我比你懂！准备好钱吧，我可不能白干。"

谢多夫笑了，站起来向门口走去。

"当然喽，一定把钱准备好。不过你这只是小本经营，米哈依洛夫，只能算是小打小闹。"

爸爸瞥了谢多夫一眼，想站起来，但谢多夫已经把门带上了。

爸爸好久不说话，他拼命地干活，像是有人把他激怒了，但很快又陷入了沉思。他把烙铁放回桌上，而且有些漫不经心。漆布一下子就冒烟了。

"见鬼！"爸爸恶狠狠地骂了一句。

妈妈从过道里跑来了，一看见眼前的一切，反倒笑了，说：

"我还以为着火了呢。"

爸爸像是被人抽了一鞭子。

"着火了！"他喊起来。

米哈西卡很惊讶，这是怎么回事？爸爸怎么了？居然冲妈妈嚷起来了。

爸爸把正在焊补的盆儿扔掉，像钟摆一样来来回回地满屋子踱步。妈妈走到他跟前，抓住他的肩膀。

"你这是怎么啦？别生气嘛……"

她像那漫长的第一天那样望着爸爸，眼睛像蓝天一样。

"你累了，歇歇吧。你为什么这么激动呀？不要那么抱屈。我们的日子过得和别人一样嘛，没比别人差。"

爸爸挣脱妈妈的手，又满屋子走来走去。

"过得和别人一样！"他嚷嚷道，"问题就出在'和别人一样'。"他在妈妈跟前停下，像吃了大量冰激凌那样哑着嗓子说，"可我不愿意和别人一样！我不愿意和别人一样，你听见没有！我想过得比别人好！难道我不配？"

米哈西卡瞪大眼睛看着爸爸，他还从未见过爸爸这个样。刚才他俩还笑得挺开心的，聊得多带劲儿，可说变就变了样儿。

爸爸在房间里走了一圈又一圈，后来突然停下，搂住了妈妈。

"真叫人生气，你明白吗？"他终于平静下来，对妈妈说，"干了一晚上，才补了七个盆儿。"

事情的经过很像一场暴风雨，它骤然而来，向大地撒下很多闪电，又远去了。爸爸又干起了活。

米哈西卡过去挨他坐下。爸爸教他怎么把金属刮干净，怎么焊。不错，米哈西卡还不怎么会焊，但刮得挺在行。

他有一次把萨什卡·斯维里多夫带到家里来，萨什卡待到天黑也不想走，一直要爸爸让他在铁桶上焊两下才肯离去。现在萨什卡每天都要求上米哈西卡家来做客。

就妈妈一个人对这很不高兴，她把锅弄得叮当乱响，在米哈西卡和爸爸的对面坐下，只顾唉声叹气。

爸爸停下手中焊煤气炉的活儿，走到妈妈跟前，吻了吻她。

"这我都明白。"妈妈说，目光变得忧郁起来，好像要哭了。

"那点儿工资算什么呢？"爸爸说，"靠工资只能勉强糊口……"

爸爸给别人焊东西都收钱。来取修好的东西的主妇问多少钱，他总是眼睛望着在屋角的那些待补的破桶烂盆，小声地报出钱数，然后看也不看便把钱揣进兜里。

晚上，妈妈和米哈西卡都躺下了，爸爸还在焊呀，敲呀，干到很晚才打开换气窗，洗手。

然后他从兜里掏出那些揉得皱巴巴的纸币，有一卢布的、三卢布的、五卢布的，再用手掌抹平，整理成一沓，之后才去睡觉。现在他已经不再洗手了，就在妈妈身旁躺下。妈妈不止一次说过，摸过钱后要洗手，因为钱能传染疾病。

爸爸躺下来，可妈妈什么也不说。

她就是在这种时候也什么话都不说。

伊万诺夫娜外婆送一个盆儿求爸爸补。她用这个盆儿洗衣服。爸爸把盆儿焊补好了，也是眼睛望着屋角，像对别人那样小声地对老太太说：

"两个卢布。"

米哈西卡看见老太太突然犯难了。她把盆儿放下，到走廊去走了一遭，送来两个卢布。米哈西卡望着妈妈，只见她在一旁把锅弄得叮当乱响，这件事的前后经过她都看在眼里，但妈妈什么话也没说。

"她可是伊万诺夫娜外婆呀！"米哈西卡对爸爸说，看爸爸的眼神像是第一次看见他似的，"是伊万诺夫娜外婆，你明白吗？她们家日子挺苦，孩子们的妈妈让卡车轧死了。"

爸爸吃惊地瞥了米哈西卡一眼，说：

"那又怎么样？"

仿佛没发生过什么事似的，妈妈还在把锅弄得叮当乱响。

米哈西卡战战兢兢、满肚子委屈地望着爸爸，眼里噙满了泪水。他又看了爸爸一眼，但好像什么也没发现。

爸爸没有丝毫的变化。

这让米哈西卡想起了那个残疾军人。

十二

妈妈还是个挺有心计的人啊！

米哈西卡后来才明白，她为什么那时候一声不吭，为什么不说话。

尽管她常常叹气，有时还说，希望这个铺子早一天关门，好往桌上铺雪白的桌布，可内心里对目前的状况却是喜滋滋的。好容易等到一家人团圆：儿子在乖乖地做功课，连3分都几乎消失了，丈夫也不像有些人那样整天往啤酒馆里跑，他在家待着，和儿子说话，焊补他的铁桶铁锅。

妈妈自己大概也很想动手焊焊这些铁盆儿和铁桶，不时敲敲、刮刮，这对她也会是莫大的享受，但她还得干家务，得给他们爷儿俩做饭，洗衣服。

她偶尔也听听丈夫给儿子讲打仗的故事，讲他曾经和法西斯匪徒进行肉搏战，跟在坦克后面发起冲锋，还住过野战医院……自然还讲到了红星勋章，讲到为什么授予他红星勋章。

有一次他去侦察，炸毁了一辆敌方载有军官的小汽车。军官被炸死了，只有一个带公文包的士兵活了下来。士兵被当作"舌头"送到了司令部，结果查明这个士兵是个重要的希特勒匪徒，而且他带的公文非常有价值。

米哈西卡想，他好像在报上读过这样的故事。莫非那上面写的就是爸爸？总之，所有这些妈妈都看到了，也听见了。她看着米哈西卡和爸爸坐在一起聊天，就别提有多高兴了。

这是米哈西卡后来才明白的。

可就在爸爸收下伊万诺夫娜外婆的钱后，妈妈去了伊万诺夫娜外婆家，给她送去一小桶土豆，那是去年剩下来的土豆。之后还在桌上放了两个卢布，说：

"伊万诺夫娜大婶，请你多多包涵，是维克托错了。"

老太太开始说服妈妈，要妈妈把这两个卢布拿回去，因为不管怎么说爸爸是付出了劳动，付出了劳动在目前就应该得到报酬，这是天经地义的事，还不到共产主义社会嘛，但妈妈断然拒绝。妈妈为爸爸感到很不自在。

米哈西卡知道，这钱不是爸爸让还的，是妈妈自己还的。这就是说，她并不赞同爸爸的做法。而且很可能就在她不吭声的时候，她是在为爸爸的行为羞愧得无地自容。但她却不吭声，她一句话也不说。

这是为什么呢？米哈西卡苦苦琢磨，百思不得其解。后来他才明白，妈妈不吭声是因为她既爱米哈西卡，也爱爸爸，爱他们全家，生怕家里出现一点儿小小的隔阂。

她就是这样悄悄地去纠正爸爸的错误做法，而爸爸还蒙在鼓里呢。

不过爸爸为什么不亲自去纠正呢？为什么爸爸不亲自去？为什么爸爸要这么干？为什么爸爸是这么个人？米哈西卡有点想不明白。

十三

有一次，米哈西卡第一节课迟到了，就迟到了一两分钟，好在是数学课，伊万·阿列克谢耶维奇让他进了教室。如果是"美人鱼"，肯定不会让他进教室的。

米哈西卡到自己的座位上坐好，取出练习本，发现萨什卡正冲他打信号哩。米哈西卡没明白是什么意思，就没搭理他，弄得萨什卡一节课都坐立不安，不断回头看米哈西卡。课间休息时，他马上把米哈西卡叫了过去。

"你看。"萨什卡说。

他的厚油布书包的底部有一把匕首，刀柄上刻着"匚"，刀刃上有两道隐约可见的斜槽。

"这是为了让血好流……"萨什卡抖了抖肩膀，仿佛有些冷，"我要用三角锉把这个'匚'锉掉。"

米哈西卡的眼前突然出现有个法西斯匪徒向一个被打得死去活来的游击队通信员挥舞匕首的情景，几乎有两个手掌那么长的匕首朝游击队员扎去……米哈西卡的后背一下子起了鸡皮疙瘩。

萨什卡说他昨天去过战时的垃圾场。如果米哈西卡愿意，今天可以和他一起去。只是得偷偷摸摸去，不能声张，否则其他男同学都要跟着去，就不容易进去了，因为垃圾场有人看守。

看垃圾场的是个老头儿，他身挎一支别尔旦式步枪，戴一顶军帽。他戴上这顶军帽大概就是为了显显威风，或者是为了吓唬人，让人家都怕他三分。垃圾场三面围着铁丝网，只有一面可以通行，但在这一面的铁路死岔线旁边有一座岗棚。

两个孩子躺在灌木丛里，等着戴军帽的那位老爷爷巡逻烦了，进到岗棚里去，可老爷爷是个不知疲倦的人，他老在圈着垃圾场的铁丝网前走来走去。

铁丝网里面可是应有尽有！有涂上白十字的已经毁得不成样子的坦

克，有炮筒都炸裂或扭曲的大炮，有打坏的炮架，甚至还有飞机尾翼。到处是一堆堆废钢铁和德国鬼子折成了好几段的武器——这些东西现在都不可怕了，彻底被毁掉了。

孩子们终于盼来了机会——老人挎着步枪进岗棚里去了。

他俩爬向铁丝网。米哈西卡想象着自己是个侦察兵，他的任务是去炸毁一座武器库。他肘膝并用，像蛇一样从草地上爬过，留下一条隐约可辨的痕迹。前面就是铁丝网了，铁丝网拉得很紧，想扒也扒不开。

有个地方的铁丝网下面是一条小排水沟。米哈西卡翻过身仰面躺着，背贴着地从铁丝网下面爬了过去。

在那些铁家伙上面爬得相当小心。这倒不仅仅是担心碰到什么东西，哐哐啷啷地响得周围都能听见，还因为这些铁家伙好些地方都有豁口，显然是让尖牙利齿的炮弹毫不留情地炸成的，所以很容易划伤人。

米哈西卡和萨什卡在破损的大炮前瞄准了好一阵，找了找会不会在哪个地方留有手枪，然后从已经没有履带的破坦克的舱口爬了进去。

长了锈的坦克轮子深深埋在土里，周围都已经绿草青青了。萨什卡在一些操纵杆后面坐下，他猜大概这里是驾驶员的位子。米哈西卡开始像在轮船上那样发号施令："右满舵！左满舵！"他真不知道坦克里是怎么指挥的。

萨什卡指着铁壁上的一些黑斑让米哈西卡看。

"这是血！"萨什卡说。

米哈西卡仔细一看，如果萨什卡不说，他根本想不到这是干了的血迹，还以为也就是什么污渍而已——有一块还很像斯堪的纳维亚半岛的地图。

"人不在了，"米哈西卡心想，"可血还留了下来。"

他马上又纠正了自己的想法：那不是一般的人，而是个法西斯匪徒。

尽管如此，他的心里总是有些郁闷和不舒服。

他俩决定要爬出去，这时萨什卡突然让米哈西卡看一颗手榴弹。那是一颗真正的手榴弹，木柄特别长。

"真棒！"米哈西卡嘟哝着。

他俩最后要走了，忽然听见坦克后面传来"呜呜呜，轰轰轰"的鸣响。

"火车！"萨什卡小声说，"快跑！"

他俩从坦克里爬出来。一列货车开到垃圾场旁边的铁路死岔线上。机车很小，它噗噗地喷着气，发出刺耳的鸣叫，吃力地拉着一个庞然大物。

两个孩子很快从铁丝网底下爬过，站起来就跑，不需要再躲躲藏藏了。老头儿挎着枪正站在机车前和火车司机抽烟。一台很大的吊车在站台上吱扭一声响，掉转头来，将夹具伸向他俩刚才待过的坦克。

只听见拉得紧紧的钢索发出吱吱嘎嘎的响声，坦克被拖着震颤了一下，吊了起来。

"完了，"萨什卡说，"全都完了！"

米哈西卡想象着这辆坦克被投进沸腾的炼钢炉里，马上就不见了，熔化了，成了钢水，炮塔里面那几块血渍也消失了，永远消失了。

米哈西卡咬紧了牙关。他一点儿也不可怜那个德国鬼子，那个法西斯强盗，因为他从坦克里向我们的人开枪射击！也许还是朝列宁格勒，朝我们的战士，朝像萨什卡这样的孩子开过枪。

炮筒扭曲和炸裂的大炮、炮架、飞机尾翼和堆成山的法西斯匪徒的废钢烂铁就这样被不慌不忙地搬到了站台上。

战争结束了，现在把战争的渣滓也送进了炼钢炉。这该有多好啊！

米哈西卡又想起了胜利日那天，大家拥抱在一起，互相亲吻。

终于看到了胜利。

这就是胜利啊！它显得那么庄重，不声不响，而且又是那么强而有力！

此刻，吊车的钢索吱吱嘎嘎作响，马达轰鸣。那些曾断送人们性命的钢片铁块服服帖帖登上了断头台。那些曾经杀人如麻的战争残骸如今再也不会让人恐惧，现在应该寿终正寝了。

米哈西卡想着，这一切都让他感到震惊。

萨什卡朝他腰上捅了一下，突然大喊一声：

"消灭法西斯强盗！"

他一跃而起，手中的手榴弹一闪。萨什卡马上趴下，一股热浪顿时传遍米哈西卡的后脑，耳朵被爆炸声震得嗡嗡响。

他俩跑起来了。

他俩发射了自己的胜利礼炮。

这是一百二十响礼炮中的一响。

十 四

城里在建一座大工厂。

伊万·阿列克谢耶维奇说，新厂建成后不是生产大炮，也不是生产炮弹，而是生产拖拉机，用来耕地，以便打更多的粮食，让人们尽快结束吃土豆的日子。

这可真是一家了不起的大工厂！在城外很大的一块空地上，掘土机不分昼夜地轧轧响，忙着挖土。全城的人几乎都参加了工厂的建设，有来自其他工厂的工人，还有机关干部。人们下班后就到工地上来，一直干到深夜。

有一天，伊万·阿列克谢耶维奇说，他们学校的学生也得到工地上去干活，已经轮到他们的班。

他们的活虽说不重，但是非常重要。他们负责锯木头，不是锯成供烧锅炉用的大段劈柴，而是锯成小圆墩儿，然后再将这些小圆墩儿破成小块，供给运送土方的烧瓦斯的汽车当燃料。

米哈西卡和萨什卡一直锯得两眼发花，才稍微休息一会儿。

从锯声轧轧响的场子上往下看，基坑一目了然。里面的一切都处在运动之中，掘土机在打转转儿，一辆汽车接一辆汽车地开过去，离他们更近一些的是直接用锹挖土的人们。看上去这一切都显得那么匆忙，却又那么秩序井然，有条不紊。不断有汽车开到同学们干活的锯木场来，司机们将小块劈柴往驾驶舱跟前的圆炉子里一塞，便把车开走了。如果劈柴供不上，工地就得停工，掘土机就不会响，汽车也不跑了。因此，虽说场子上劈好的木柴段已经堆成山，可同学们还是不敢有丝毫松懈。

这是一家多大的工厂啊！等工厂建成后，就可以骄傲地对低年级的同学说，他们也曾参加过工厂的建设。

伊万·阿列克谢耶维奇和同学们在一起：他一直不停地挥动斧头，把那些圆木墩儿破成劈柴，只有擦脸上的汗时，才停下来一会儿。

当他放下斧头宣布休息时，米哈西卡连伸直腰杆都费劲了。

终于可以坐一坐、躺一躺了。但米哈西卡和萨什卡却闲不下来，又在工地上转悠起来了。

烧瓦斯的汽车不断地向他俩鸣喇叭，像是在说他们挡道碍事，有一两回还有人朝他们嚷嚷，叫他们别上这里来乱跑。瞧瞧，还不让他们走动走动哩。他们现在跟大家一样也是工人，谁能禁止他们在工地上走动呢？！

基坑里有挖土工人在干活。米哈西卡看了看他们，竟差点儿跳了起来：爸爸也在那些挖土工人当中！当爸爸用锹把土铲到一边时，他的背使出了很大的劲儿，肌肉在湿漉漉的背心下面高高地鼓起来，这些肌肉上下滚动，就像有人在爸爸的皮肤下面滚动着小球。

"你看，"米哈西卡对萨什卡说，"认得吗？"

这时，爸爸将帽檐儿扭到脑后，停下来，用手擦去额头上的汗。

"爸爸！"米哈西卡叫了一声。

爸爸转过身，向米哈西卡招了招手。

"我们也在这里干活！"米哈西卡又说了一句。

"等一会儿我去找你！你等我！"爸爸回答。

米哈西卡觉得爸爸干得比谁都卖力，而且速度最快。他特别喜欢爸爸那上下滚动的肌肉。

他们往家走时，米哈西卡心想：他和爸爸一起参加了工厂的建设，这真是太好了！

等米哈西卡长大了，他很可能会成为这家工厂的工人，和大家一起造拖拉机。爸爸最好也能转到那里去！这样他们父子就可以一同下班了，两人不慌不忙往家走，妈妈在家里等他们。为了让他们两个干活的吃饱吃好，她围着炉子忙得团团转。

米哈西卡拉起爸爸的手。

"太棒了！是不是，好爸爸！"他说。

"你说'太棒了'是指什么？"爸爸心不在焉地问。

"盖工厂呗！"米哈西卡笑吟吟地回答，"还有我和你在一起！"

爸爸有些不高兴，紧绷着脸。

"去他们的！"他挥了一下手，"我这是瞎耽误功夫。"

米哈西卡像是被绊了一下，如同被凉水浇了一身。他锯了整整一天的木墩儿，累得眼冒金星，一心就为了机器和烧瓦斯的汽车别停下来……怎么，难道都白干了？

萨什卡也是那么拼命地干，锯了一整天。还有全体同学，还有伊万·

阿列克谢耶维奇，也都是这样。你看伊万·阿列克谢耶维奇抢斧头有多带劲儿！还有那些挖基坑的人和爸爸不也都如此卖力吗？

怎么，爸爸是在装样子吗？他干活是多么卖劲儿啊，可现在却又在骂那些派他到这里来干活的人！是不是那些铁桶对他来说更宝贵？

米哈西卡不由得松开了爸爸的手。

十　五

米哈西卡自己也说不清这是怎么回事儿。从前他觉得焊东西比看电影还过瘾。把烧热的烙铁伸进松香末里，再拿去碰碰锡块，锡块上就会有豌豆粒般大小的白晃晃的锡液滚动起来。

可现在他只闻到了一股呛人的焦味儿，臭烘烘的，还有煤油炉、汽油炉、铁桶、铁盆儿，都叫人讨厌透了。这些东西堆在屋角里，占了很大的地方，简直和垃圾场没什么两样。最好也用吊车把它们吊起来，送去回炉……

意想不到的事情果真发生了。

一天，米哈西卡和爸爸坐在一起又刮又敲，把烙铁弄得直冒烟，这时突然来了一个人。来人是个大胖子，但看上去身体虚得很，脸色很差，像个病人。

胖子彬彬有礼地问过好，摸了摸肥乎乎的鼻子，对米哈西卡的爸爸说：

"我是来收税的。听说您在搞个体经营，这很不错嘛，精神可嘉！只是为什么不交所得税？"

爸爸的脸色变得煞白，站起来到帐子后面去了。不大一会儿，爸爸出来了。米哈西卡发现爸爸已经换上了军便服，佩戴上奖章和近卫军证

章，还整了整皮带。

"您看见了吧？我打过仗，负过伤。我怎么都不能按自己的意愿去生活吗？"

妈妈听见声音也过来了，靠在门框上。她惊讶地一会儿看看爸爸，一会儿看看税收员。

"可您还要我交税！"爸爸嚷起来。

"您别嚷嚷。"胖子说，他又摸起了鼻子，不慌不忙地又向堆在地上的铁桶铁盆儿点了点头说，"我看您这人不像骗子，靠这行当是发不了财的。"

爸爸坐下了。税收员说话客客气气的，并不发火，甚至好像还有些同情爸爸。

"不过法律终归是法律。如果有收入，就得交税。这您明白吗？"他问，然后又有些懊丧地补充道，"这身军便服也帮不了您的忙，您相信我的话吧！我也打过仗，但是不打算在这种场合把勋章抖搂出来。因此我现在警告您，下次我就要上报了。"

胖子终于气喘吁吁地走了。

爸爸在房间里走来走去。米哈西卡一次也没抬眼去看他。

就在不久前，爸爸讲起他当侦察员的故事，当时米哈西卡瞪大眼睛听着，为有这么一个好爸爸而备感荣耀。侦察兵——这意味着爸爸是最最勇敢的人，可现在……

当爸爸突然从帐子后面出来见执行公务的税收员时，米哈西卡还不明白他为什么要换上戴着军功章的军便服。原来是这么回事……爸爸是被这个人吓坏了，以为穿上军便服便可以不纳税了。

妈妈照旧在门框前站着，默不作声。她是不是在为这个洋白铁修理铺担惊受怕？为这些铁桶铁盆儿担惊受怕？害怕米哈西卡又会到处乱跑，学习成绩下降，而不是和爸爸天天在一起焊补铁桶？她到底是为什么不说话呀？

爸爸像是有些勉强地走到屋角的那堆破烂跟前，使尽全力狠狠地踢了一脚。

米哈西卡不禁打了个寒战。铁桶叮叮当当地滚了一地，铁盆儿哐啷哐啷直响。

"见鬼去！"爸爸说，"真是的，靠这发不了大财。"

十六

几天来米哈西卡脑子里一直想着这件事。爸爸干了什么坏事吗？他只是给人修补铁盆儿和铁桶。这是会给人带来好处的事啊！家家都得用桶呀盆儿呀的，而这些东西坏了就得修。爸爸一点儿错也没有。现在米哈西卡已经看清楚了，不过他还是有些不明白：爸爸为什么在那个税收员面前那么暴躁，他害怕什么呢？

也可能他并不是害怕，说不定还恰恰相反，他是想吓唬吓唬别人哩。只是这有些不太体面，可怕的成分倒是一点儿也没有。

这么一想，米哈西卡反倒后悔起来了，真不该把爸爸想得那么坏。伊万诺夫娜外婆的事爸爸肯定是不知道，他如果知道，也会对老太太关怀备至的。

爸爸开始把破烂都还给主妇们，以后就再也不揽活了，还对那些送活来的人说：

"亏本了，小铺关张了。"

谢多夫也来取他的留声机。

还没进门他就笑，圆饼似的大胖脸油亮亮的，眼睛眯成一条缝。

"到底还是倒闭了？"他说，"我早就对你说过，这是小打小闹嘛。"

妈妈不在家，爸爸让米哈西卡出去走走。米哈西卡正求之不得呢。或许谢多夫又会谈起他那掺牛奶的啤酒，米哈西卡一听就烦。

米哈西卡出去溜达了一会儿，回来的时候屋子里烟雾腾腾的，烟灰缸里尽是烟头，桌上戳着一个空酒瓶。谢多夫还没走，只是他的脸好像更圆了，红彤彤的，像一个烤熟的大饼。

谢多夫坐在小凳上不停地打嗝儿。爸爸把头发弄得乱糟糟的，闷闷不乐地望着地板，一个劲儿地喷烟吐雾。

米哈西卡一进屋，他俩马上就不说话了，好像他们在谈论什么军事秘密似的。后来谢多夫又打了一个嗝儿，站起身，把留声机拿起来夹在腋下。

他对爸爸说：

"你考虑考虑吧，考虑考虑我的经验。我都是为你好，所以你就放开手脚大干一场吧。"

他背靠在炉子上，把西服上衣都弄脏了。米哈西卡看了看爸爸，爸爸什么也没说。

谢多夫又说："既然活了下来，那就得活得像个人样……我整个战争就负过一次伤，这可不是开玩笑！"

"而且当的不是别的什么兵种，是他妈的步兵。哈……"他打了个哈欠，"可要过得像个样子，老弟，那可不容易，不容易啊！在前线不觉得害怕，现在你也别怕。不要轻易放过这大好时机，大好时机啊！……难道白流血了？"

"好吧！"爸爸说，"你尽管走吧。"

"再说那是个像将军一样的肥缺呢！"谢多夫拉长声音慢慢地说，"以后我还得求你哩。你就劝劝你老婆吧！把她领到萨尔策那里去。"

谢多夫一转身，留声机碰到墙上，壁纸被撕下来一大块，然后他摇摇晃晃地进了黑暗的过道。

　　爸爸死死地盯着桌子，他只顾着吸烟，连米哈西卡进来都没看见。

　　门砰的一声响，妈妈回来了。爸爸不再盯着桌子，赶紧把烟头摁灭。

　　他吸了一口气，像是要破釜沉舟大干一场似的。

　　从那天起，家里彻底变了个样儿。爸爸卸下夹具，把烙铁扔到一边，用刀刮去桌上所有的污渍。洋白铁修理铺不见了，房间恢复了原来的样子，桌子上又铺上了雪白的台布。

　　爸爸和妈妈也大变样了。

　　爸爸愁眉苦脸的时候，妈妈就笑。爸爸笑的时候，妈妈却郁郁寡欢，泪痕满面。他俩就像是天平的两端，一个沉得往下坠，另一个却……

　　米哈西卡搞不懂他俩是怎么回事，他们都在争吵些什么！不过他只要一进屋，屋里就会鸦雀无声，或者爸爸、妈妈谈些鸡毛蒜皮的小事，仿佛什么事也不曾发生过似的。

　　这些大人真奇怪啊！有话从不直截了当地摆到桌面上来。也许他们担心对自己的孩子说出事情的真相，孩子就会跑到大街上去扯着嗓门儿大声嚷嚷。

　　如果有什么不痛快的事，就直截了当地说嘛！用不着像那些背着人干坏事的家伙那样，老是掖掖藏藏的。

　　米哈西卡觉得，爸爸和妈妈一定是有事瞒着自己。

　　他还看出来，爸爸把天平的指针拉过来了。妈妈成天六神无主，和米哈西卡几乎不说话，一见面就把脸扭开，仿佛在他面前有错似的。爸爸却哼着小曲儿："走过平原，越过高山……"

　　看到爸爸在笑，妈妈却不说话，愁眉苦脸，米哈西卡就感到他们之间有争执。是不是爸爸在强迫妈妈干什么呢？到底是干什么呀？他怎么也想不出来。

不过他仔细回想，这些年爸爸不在家的时候，妈妈比现在泼辣多了。她那时候处境很困难。米哈西卡知道：妈妈给前线献血，就为了拿到黄油、牛奶和额外面包的免费供应卡。她用这些东西来解决米哈西卡的吃喝问题。当时他还不止一次地想过：妈妈这就像是在输血给他啊。为了买面包，她还把自己那件蓝底白点的连衣裙也卖了，爸爸的那套西服却保留下来。

妈妈很刚强，米哈西卡对此心里有底。所以他希望她能开口说话，把天平的指针拉过去，压过爸爸。

他有时候问自己：为什么他俩一会儿你拉过来，一会儿我拉过去呢？为什么他们要瞒着他，像是随时都在较劲儿？莫非战前他们也是这个样子？还是现在才这样？就是说，他们两个人中有一个人变了？是妈妈变了？不过米哈西卡一直都和她在一起的呀！

这么说，是爸爸变了？

看来，为了使他俩这个天平保持平衡，为了使他俩同喜共忧，需要在他们之间加上一个平衡的砝码……

十七

这件事就像窗户纸一样，一个偶然就被捅破了。

有一天，爸爸下班回家对妈妈说，他认识一个做女鞋的师傅。妈妈没精打采地点点头，但爸爸坚持要马上去他家，因为去那里得排队。米哈西卡正在看书，他照老习惯已经把功课做完了，于是他仨一道去鞋匠家。

据说鞋匠姓萨尔策，米哈西卡觉得在哪儿听说过这个姓。他们走进一个两层木楼的院子，马上就有人把鞋匠的房间指给他们。爸爸上前去敲门，好久里面没人答应。门里窸窸窣窣响了一阵子，米哈西卡仿佛觉得有人从门缝里在看他们。爸爸又敲了敲，突然门后面有个声音问道：

"谁呀？"

"谢多夫叫来找谢苗·阿布拉莫维奇的。"爸爸的口气相当坚决，吐字清清楚楚，像回答口令一样。

门开了。里面站着一个矮个子男人，鹰钩鼻子，身披一件花格上衣，浓密的胸毛从敞开的上衣领口露出来。鞋匠的眼睛向外鼓着，还带着泪花。他应该就是萨尔策了。

"快进来吧！"他没好气地说。

米哈西卡和爸爸、妈妈很快穿过昏暗的小过道，然后走进一个房间，这里的天花板很高，有装饰雕花。

靠墙摆着一架钢琴，漆得明亮如镜，米哈西卡在钢琴对面坐下。

"我们一般不让孩子进来，"头发又密又长的鞋匠看了看米哈西卡说，"他们都爱找孩子打探消息。"

"您说的'他们'指的是谁？"妈妈诧异地问。

"这里有那么一些……爱管闲事的人。这孩子不多嘴多舌吧？"鞋匠有些不高兴地问爸爸。

"他呀，是我们家的侦察兵，他会守口如瓶的。"

爸爸想让米哈西卡高兴高兴，也冲淡一下鞋匠那个愚蠢的问题给人的不好印象，但米哈西卡还是生气了。鞋匠好像把他当成爱嚼舌头的丫头片子了……再说鞋匠这儿又能有什么秘密？难道这儿是战场不成？

鞋匠萨尔策如释重负地嘘了口气，不知道为什么像是一下子又变了个人。他一会儿很严肃，一会儿又笑容满面，露出几颗金牙。

"能认识您很高兴！"他向妈妈走去，和她握手致意，说道，"好，这下子我们算是自己人了……可以说我们都是自己人了……"

他又兴致勃勃地向爸爸点了点头，向米哈西卡伸出手说：

"你好，你好，孩子！我很高兴，很高兴！"

萨尔策满屋里走来走去，一再重复说：

"你们知道吧，这样的接触正是常言所说的双赢，对双方都有利啊，而且在我们这个时代是缺少不得的。大家要不要喝杯茶呢？"

妈妈连连摇头，米哈西卡发现萨尔策扭过脸去的时候，爸爸看了她一眼。

"这么说，是要看鞋？"萨尔策问，"要什么样的？平常穿的，节假日穿的，还是舞会上穿的？我们也没什么好躲躲藏藏的，大家都是自己人嘛！"

他走到钢琴跟前，回头看了房门一眼，好像又突然想起什么来了，走过去插好门，然后才把琴盖掀开。

"瞧吧，挑哪一双都可以，挑适合您尺码的。"他边说边从漆得油光锃亮的钢琴里把一双双女鞋拿出来。

他把这些鞋放在桌上，很快桌面上就摆满了各式各样的鞋，一双双都很简便、漂亮。米哈西卡闲暇时间去逛过皮鞋店，那里的货架都空空的，就是有鞋卖，也是凭证供应，而这里却有这么多鞋！

"您挑吧，挑吧！"萨尔策又重复了一遍，不知道为什么他老往窗外瞧，"这是一双特别精致的舞鞋。"说着他把一双像钢琴一样光闪闪的皮鞋放到桌子中央。这双鞋后跟很高，前脸儿还有一趟金线。

妈妈不禁啧啧赞叹。萨尔策刚把那双鞋从钢琴里拿出来，她的眼睛就熠熠放光了。

"和童话里的那双鞋一模一样，是不是？"萨尔策兴致很高地问道，"真像童话里的那双水晶鞋！你们还记得灰姑娘的那双鞋吗？"

米哈西卡记得灰姑娘的那双鞋，那是一双透明的水晶鞋，而这双是

黑色的，尽管也很亮。

"喜欢吗？"萨尔策问妈妈。

"如果喜欢您就拿走吧，这鞋就是您的了，算我送的。"

妈妈又一次称羡叫好，但连连摇头。爸爸也忙说"使不得，使不得"，然后从兜里掏出钱数起来。

萨尔策突然生气地大声说道：

"瞧你们，真像些小孩子！你们把这看成什么啦？我今天送你们，你们改日再谢我好了，礼尚往来嘛。这当然是随便说的，我想我们都已经成了好朋友，是不是？"

"那还用说，那还用说。"爸爸说。妈妈看那双鞋都看呆了。

"那就这样好了！"萨尔策说，"您拿去穿就是了！"

妈妈终于回过神来，不再看那双鞋，她瞥了萨尔策一眼。

"不行，白给我不要。"她口气很硬，"维克托，给钱！"

爸爸又开始数钱。

萨尔策也不再坚持了，收了钱，嘴里还嘟哝着：

"瞧你们可真是，可真是……"

萨尔策用报纸包那双鞋的功夫，米哈西卡一直盯着钢琴那光滑如镜的侧壁。上面映有米哈西卡身后的一个酒柜，紧挨着酒柜的床头柜上是一台无线电收音机。米哈西卡想，很可能酒柜里就没有放碗盏之类的东西，收音机里也没有什么线网和灯泡，而是各式各样的鞋，萨尔策把它们收藏在里面。

"好，这就是您的舞鞋。只可惜现在不举办舞会，不过，你们那儿很快就会有舞会的。"萨尔策笑着说道，只是他的笑显得有些做作。

"还谈什么舞会……"妈妈说。

"可不是嘛！"萨尔策叫起来，"不过告诉您吧，并不是每个人都像您这么幸运。"

"我有什么幸运的？"妈妈觉得奇怪。

"啊，您这个人太谦虚了，还挺能保密！不过，都是自己人您有什么好害怕的？能在战后第一家免证商店里当售货员，这跟当上将军没什么两样。我见过的多啦，您就听我的没错，您这是要走红运了啊……"

十八

萨尔策的话米哈西卡没听明白。他看见妈妈闹了个大红脸，朝他转过身来，他还冲妈妈笑了笑。萨尔策的话还在耳边，可米哈西卡觉得这话跟妈妈无关。妈妈整个战争期间都在医院工作，救死扶伤，通宵达旦地守候在生命垂危的战士身旁，可如今……怎么能这样说呢——上商店工作去？当售货员？真有些近乎荒唐……

米哈西卡无论如何也弄不明白其中的奥秘。他的思绪紊乱，很像入秋的苍蝇，睡着以后往下跌落，可突然被弄醒了，便到处奔突。

爸爸有意不看米哈西卡，在和萨尔策聊着什么。

"我们先走了，"妈妈对爸爸说，"你一会儿追我们来吧。"

她像领着小孩子那样，拉起了米哈西卡的手，他俩再次经过了昏暗的小过道，萨尔策关门的时候对妈妈说：

"请您关照好孩子，叫他别出去乱说。"

"不会的，不会的，您尽管放心好了。"妈妈没好气地回答。

门链子在身后哗啦一响。他俩不声不响地向秋天干燥的大街走去。米哈西卡喜欢这条大街。这里的大街两旁都是橡树，他和萨什卡·斯维里多夫曾经来这里捡过橡实，用它们来做滑稽的小人儿。现在树下也落满了橡实，但米哈西卡毫无兴趣地踩着它们，任凭它们像一个个青蛙从脚底下蹦出去。

妈妈兴致勃勃地说：

"我曾经不同意的，米哈西卡，但爸爸一再坚持。再说，萨尔策说得也对，日子会好过一些的。你等着吧，我很快就能给你买糖果吃。"

"糖果？"米哈西卡收住脚步，"我怎么，还是个孩子？"

妈妈看着他，心里很不是滋味儿，米哈西卡看出来了。不过她干吗要做出没事儿的样子呢，干吗她要装呀？

"你不是在医院工作吗？干吗要去商店？"

米哈西卡尽量说话不慌不忙，好让妈妈明白这是怎么回事——时间还有，她还可以改变主意。

他想起去妈妈班上的情景。她让他待在急诊室的窗口前，那里很安静，米哈西卡就在那里做功课。有时候妈妈不让米哈西卡来医院，要他放学后直接回家，这就意味着医院要来一列车的伤员，急诊室里会躺满负伤的战士。米哈西卡很好奇，有一次他等列车到了以后到医院去看了一眼，急诊室里闹哄哄的，挤满了人。伤员们在病床上或卧或躺。所有的伤员都缠着绷带，很多人的绷带上渗出乌黑的血迹。

妈妈从班上回来脸色苍白，一到家就往床上一倒。米哈西卡赶紧跑过去，以为她病了。可妈妈喘了口气，要了一杯热茶，然后告诉米哈西卡，说今天直接从前线送来了一列车的伤员，很多人都需要马上动手术、输血，可血并不够用。妈妈在手术室里值班，给外科大夫当助手。她挽起袖子，挨着伤员躺下，医务人员就把妈妈的血输给那个伤员了。米哈西卡觉得奇怪，妈妈的血怎么能一下子就进入另一个人的血管里呢？妈妈笑他说，首先血不是流入一般的血管，而是注入静脉管，说着还将自己的手臂给他看。米哈西卡看见她手臂上有一片紫斑。妈妈说是扎针扎的，不过很快就会好的，她已经习惯了。她说，无论谁碰到这样的事都会这么做，米哈西卡当时要在那里，他也会这样做，因为他的血型和妈妈的一样，适合每一个伤员。

这就是妈妈心目中的医院！它在整个战争期间也成了米哈西卡的第二个家。

他在学校负责征集送给伤员的礼物。有一次全班同学就在上课时间为战士们缝烟荷包，由女同学往烟荷包上绣"战士，请快养好身体"的字样。他们还征集卷烟纸、防寒袜和手闷子，这些都由米哈西卡和尤利娅·尼古拉耶夫娜送给了妈妈所在医院正在康复的伤员。战士们躺在病床上，给他们鼓掌。妈妈也在病房里，她也在鼓掌。

可现在所有这些都得忘掉，都得从脑子里，从生活中剔出去。米哈西卡不知为什么想起了战争期间靠狗养活的那位卖冰激凌的弗罗洛娃大婶，他为妈妈羞愧得流下了眼泪。

"唉，你呀……"他狠狠地瞪着妈妈说。

如果她不是妈妈，他甚至都可能揍她了。妈妈想抓住他的衣袖，米哈西卡却挣脱掉，跑去找萨什卡·斯维里多夫去了。

拐弯时他回头望了一眼。

妈妈孤独的身影还留在大路上。

米哈西卡不由得可怜起妈妈来了，他咬住嘴唇，以防在大街上失声痛哭。

他想起来了，就在谢多夫去他们家，爸爸和这位大圆饼脸的大叔喝酒的时候，谢多夫提到了这个肥缺。

这就是那个肥缺喽！

这就是说，谢多夫把爸爸拉过去了，爸爸又把妈妈拉过去了。

妈妈常说：所谓传染，就是指病从一个人身上过给另外一个人。

简单地说，这就是传染病……

十九

北风呼啸，树上的叶子纷纷落下来，像一群群饥肠辘辘的家雀，满城里漫天飞舞。

爸爸让米哈西卡穿上冬大衣，不过就是这样也不顶事。寒风穿透大衣往里灌，像一根根钢针扎着后背似的。

米哈西卡的掌心里写着一个紫色的"286"字样，爸爸是287号。他俩的前后都是排队的人，队伍弯弯曲曲，向后面甩出去老远。为防脱队，人们互相手挽手，两只脚跺来跺去，不停地交替站着，把冻得麻木的耳朵缩进衣领里。

天黑得很快。免证商店六点钟开门，为的是不让大家着急下班，以免人心惶惶。但是还不到五点，人们就里三层外三层地把商店包围起来了，而且还不断有人赶来……有个上了年纪的妇女，也不知是群众推举出来的，还是出于自愿，用一支化学油笔跑前跑后地往人们的手心里写号码。

听说今天是免证商店开张的日子，要放一千人进去。这次是带试验性质的，因为谁也说不准一个免证商店一个晚上能放多少人进去。大家都记不得战前的情况了。

门口站着警察，防止有人冲击队伍。

站在最前边的那些男人在帮警察维持秩序。

米哈西卡在爸爸前边跺着脚，皮鞋发出啪啪的声响。他抓住前面一位老奶奶的衣服，心里一直在想：既然妈妈现在当了售货员，想买什么就可以买什么，何苦又要来排这么长的队呢？而且妈妈头天晚上就打了招呼，要米哈西卡等他——他俩要上商店。

免证商店要开张的消息早在城里不胫而走。早上在学校就已经弄清楚了，几乎全班同学今天都要跟父母去排队，因为免证商店也和一般的凭证商店一样，进去都得凭号。这就是说，人头越多，就能买到更多的食品。

　　人们都是一家子一家子地来排队，有的甚至还带来了小不点儿。萨瓦捷伊在队伍前后来回走动。萨什卡·斯维里多夫和妈妈站在队尾。米哈西卡仓促中看了他们一眼，然而两人谁也不想离开队伍，而且一直拉住前面那个人的胳臂，两脚交替着不停地踏步。米哈西卡想跑去找萨什卡聊聊天，爸爸却牢牢地抓住他，不让他离开半步。

　　米哈西卡无论如何也忘不了，是爸爸硬逼着妈妈离开医院的。不错，她是装作一切都合乎常规，还说医院她都待腻了，整天不是看见血，就是听见伤员的呻吟，可在这里就不同了，只管站柜台和嚼甜丝丝的糖块。不过这都是瞎话而已。她这是硬给自己找的借口。大概她是想稳住米哈西卡的心，免得他像看弗罗洛娃的狼狗那样看她。

　　爸爸也不再对米哈西卡笑脸相对了。他的全部好心肠也不知跑哪儿去了。

　　只是有一次他突然大发慈悲。他带有几分醉意回到家，还带回来一个纸包，并把它放在米哈西卡的面前。

　　米哈西卡打开纸包，猜想里面包的是件玩具，可打开一看，差点儿没啐一口。原来里面包的是一只头顶上开了个口子的灰色瓷猫，是个储钱罐。

　　米哈西卡想起来了，这些瓷猫曾经在市场上排了长长一列，后面是那些画有天鹅的画。

　　爸爸将瓷猫推给他，说：

　　"咱们来比赛，看谁攒得快！我攒钱买一幢房子，你攒钱买一大桶冰激凌……"

米哈西卡想象着那一桶冰激凌，那整整一大桶冰激凌——那都可以用来安排一次非常丰盛的大宴会了——他忍不住笑了。

爸爸喜出望外，拍了拍他的肩膀，答应他说：

"你每得一个5分，我给你一个卢布，得一个4分给半个卢布。你就好好学吧！而且还能吃上冰激凌。"

米哈西卡双肩抽搐了一下，好像是被人收买了。他什么也没说。爸爸一到星期六就去查他的记分册和练习本，数他得了几个好分数，然后自个儿往猫头顶上的口子里塞钱。

有时一个星期米哈西卡就能拿到六个卢布。米哈西卡突然出了一身冷汗：原来他自己也在不知不觉中数起爸爸给他往里面搁多少钱了。他很想砸了这个储钱罐，跑到弗罗洛娃大婶那里把所有攒下来的钱都买冰激凌吃掉，只求别再有这个储钱罐了。米哈西卡觉得它瞪着眼睛，就等着他得5分哩。

然而他并没有砸掉它。他自己也说不出为什么，没砸就是没砸。

是不是害怕爸爸？

于是储钱罐还搁在格子架上，一直注视着米哈西卡的一举一动。

米哈西卡觉得有人在拉他的衣领。

"你去暖和暖和吧。"爸爸说。

米哈西卡大喜过望，跑去找萨什卡。

萨什卡问他：

"你在那里戳着干什么呀？你妈妈在商店里面当售货员，你却在这里挨冻。"

"售货员不售货员都一样，"萨什卡的妈妈说，"听说今天就是售货员也得搜身。"

米哈西卡离开了他们。萨什卡妈妈的话没有不对的地方，但却像是朝他的头上泼了桶脏水，让人听了格外恶心。他想象着人们对他妈妈搜身的情景，像对待小偷一样……

突然，爸爸喊道：

"你快瞧呀，你的那些朋友！"

卡佳和丽莎在一圈圈队列之间的一个小圆空场上闲逛，丽莎冻得脸色发青。

"大家都说没钱，却又都跑到商店来了。"爸爸说。

"你说些什么呀？"米哈西卡回过身去大声说道，"她们是在卖号。一个卢布一个号，明白吗？"

"什么——卖号？"爸爸觉得奇怪。

米哈西卡没有回答，即使他向爸爸解释，爸爸也未必听得懂。

简而言之，就是卡佳和丽莎的手心里也都有用化学油笔写的号。她们站了两个队，一个近些，一个远些。她们就是在出卖这些号，一个卢布一个，因为所有东西都是按号卖的。

二十

商店里每批放进去一百人。尽管开门时大家都排好了队，但还是非常拥挤。人们手挽着手，不是一步步往里走，而是往里跑。如果不知其中哪一位没抓住前面一个的胳膊，队伍就像扯断一根旧绳子那样断了线，于是开始一片慌乱。那些站在后面的人往前挤，还不停地嚷嚷。几个女警察想把门关起来维持秩序，但一批人还没全部进去，他们拦着不让关门。

萨瓦捷伊和他的那些狐朋狗友突然在人群拥挤的地方露面了，没过多久就发现有人被偷走票证，有人丢了钱。

排队的人顿时狂怒起来，队伍像弹簧一样收得紧紧的，如果这时你被挤了出去，任凭你怎样叫喊、央告，大家也不会再让你入列，一直得等到情绪平息下来，队列不再收得那么紧再说。

这支队伍很像有生命的物体，它在行进，在蠕动。即使这时突然响起一声炸雷，下起倾盆大雨、冰雹，人们也不会走散。米哈西卡也会和大家站在一起，而且对此丝毫不感到奇怪，因为这支队伍，这些人，都非常了解食品的重要性，知道孩子们很需要吃糖果，知道免证商店对他们意味着什么，因为里面多少还能买到一些免证供应的白糖、面粉或者黄油。

当队伍像一个巨浪把他们推进商店，米哈西卡第一个看到的是妈妈。

她站在弧形的玻璃柜台后面，哈哈镜似的玻璃把她折成两半。妈妈好像是有事在求大家。米哈西卡想向她走去，但爸爸拽住了他的一只手，告诉他得先到收款处去排队，然后再顺着柜台挑要买的东西。

人们纷纷买奶酪、黄油和香肠，爸爸却不知为什么只买糖果，结果他俩都已经返回三次去排收款处的队了，一次又一次地开了买糖果的取货单。

后来他俩又去排妈妈的队。米哈西卡目不转睛地望着妈妈。妈妈变得让他有些不敢认了，她的表情十分严肃。以前米哈西卡在医院也见过她上班，那时候妈妈只要做重要的事，脸上的表情就是非常严肃的，但看上去还是觉得温和可亲。今天却像是罩上一层阴影，她皱着眉头，两眼一直盯着磅秤，甚至都不朝父子俩看上一眼。

米哈西卡走到磅秤跟前，他把取货单递给妈妈，想说一句"请给称称糖果"，但说不出口。要想像对别的售货员那样说这句话，他的舌头倒不过来。可妈妈这时又确确实实是个售货员，大家都在对她说："给称称吧，给称称吧。"

妈妈望着米哈西卡，眼睛里像掉进了什么东西，老眨呀眨呀的，似乎想把那东西眨出来。

她和米哈西卡耽搁了一会儿，排在后面的人马上就朝她嚷嚷起来了：一个个都很忙，大家都没工夫。妈妈只好像对不相识的顾客那样，很快塞给米哈西卡一包糖果，然后两眼继续死盯着磅秤盘称糖。

一滴泪珠顺着她的腮边往下滚，妈妈撅起嘴去吹，想把它吹掉，但怎么也吹不掉。

回到家里，屋子冷得让人很难受。于是爸爸劈起细劈柴来了。米哈西卡打开糖包，里面原来是些巧克力糖，水果馅的。

米哈西卡最后一次吃这种糖是在尤利娅·尼古拉耶夫娜家里。去年过新年时，她把米哈西卡、卡佳、丽莎、萨什卡和另外几个同学叫到家里，每人分到这么一块糖。等把糖吃光了，他们把糖纸都装在衣兜里。尤利娅·尼古拉耶夫娜对大家说起现在糖短缺的原因，她说是以前生产糖果的工厂现在都生产子弹了。

"好！"萨什卡说，"那就给法西斯匪徒当茶点吧。"

他们都笑了。大家都想再来这么一块糖，可惜尤利娅·尼古拉耶夫娜已经没有了。

米哈西卡常想，等战争结束后，他一定要把糖果美美地吃个够。你瞧，现在这些糖就摆在他的面前，他却一点儿也不想吃。

米哈西卡在床上躺下。

炉子里的火噼噼啪啪地响，照亮了爸爸的脸，可火光红得刺眼，显得有些不怀好意。

米哈西卡决定无论如何得等妈妈回来，可竟然不知不觉地睡着了。

不知睡了多久，突然，他被一种莫名其妙的声音惊醒了——好像有人在哭。米哈西卡从床上坐了起来。

"别哭了！"爸爸低声说，"瞧你都把米哈西卡吵醒了。"

"什么事？出什么事了？"米哈西卡惊惶地问。

"没事儿，没事儿，孩子，睡吧。"妈妈回答。

爸爸在抽烟，黑暗中只见一个红点儿亮得耀眼。

米哈西卡想起来了，战争还没爆发之前，那时候他还是个小不点儿，他曾经要爸爸摸黑用香烟头给他画画。如果火光转得很快，便能画出一幅画，挺好玩的。此时爸爸仿佛听到了他的这个要求。

"怎么样，我画一幅画？"爸爸问。

米哈西卡放心地躺下了。

"画吧。"他声音暗哑地回答。

爸爸使劲抽烟，让它燃得更亮一些，然后在黑暗中画了一个个圆、一个个"8"字形，最后说：

"这下子你看吧。"

爸爸画了个红色的方形，又在上端画了个三角形，在三角形上面再画一个小方形。从小方形里飘出袅袅青烟。房子！米哈西卡心里明白了，爸爸想的还是房子！

米哈西卡将脸转过去对着墙，再不说话，想尽快进入梦乡。

夜里他梦见一幢木房子。原木是红的，像烧着的木头。从烟囱冒出来的也不是烟，而是一团团火。

二十一

两天后发生了一件糟糕透顶的事。

他的好朋友萨什卡跟他闹翻了。事情的经过是这样的：

早上喝茶时，爸爸不断给他糖果。米哈西卡只吃了一块，就再也不想吃了。他想，一下子吃很多甜食需要有个适应的过程。如果一个人长期处在饥饿状态，就不能一下子吃得太多，否则便会撑死。吃糖也是这个道理。

他想起了丽莎。在战争期间，她只要得到什么甜食——有人送她一块糖，或者一块巧克力，或者一块蜜糖饼干——她并不一下子吃掉，而是放在一个"卡兹别克"牌烟盒里存好。一到过节，她便拿出三块糖来，给外婆、卡佳和自己一人一块。米哈西卡看见过她们就着丽莎的糖块喝茶喝得多香。伊万诺夫娜外婆家就是这么过节的啊。她们也曾试图请米哈西卡坐下来一块儿喝茶，但他拒绝了。他不想吃丽莎好不容易攒下来的糖块。

后来米哈西卡上学去了，已经是九月末的深秋时节，可天气还这么暖和，这使米哈西卡惊诧不已。周围一片寂静，脚下槭树叶的沙沙声清晰可闻，米哈西卡甚至有将这些树叶铺在人行道上的念头，那该多好看哪！这样一来过往行人大概都不敢在便道上走了，因为舍不得破坏眼前这一美景。不知从什么地方掉下一些白色的蛛丝落在脸上，米哈西卡不停地用手去拂，可蛛丝还是一直往下掉呀，掉呀，此情此景和空降兵着陆一模一样。

在学校里，米哈西卡很快发现，萨什卡·斯维里多夫难以捉摸地瞟了自己一眼。萨什卡的目光中好像有某种异样的东西，仿佛他对米哈西卡的了解比米哈西卡本人还要多得多。

萨什卡来到米哈西卡跟前。他们像往常一样开始了争论，两人为了萨什卡和米哈西卡谁最勇敢争得面红耳赤。顺便说说，这场争论是萨什卡挑起来的，他说梦游症患者似乎不害怕在房檐上走动。米哈西卡对医学更懂一些，问题不在害怕不害怕，而是梦游症就是一种病，得了这种病的人就是最胆小的也敢在房檐上走，因为他意识不清。

他们争来争去，最后得出一致结论，看谁是不是勇敢，就看他敢不敢去摸狗脖子，而且不是去摸那些看院子的狗或哈巴狗，那些狗虽说也咬人，但都很胆小，要摸就去摸弗罗洛娃大婶的那两只全城都有名的看守商店的狼狗。

萨什卡急了，说今天就去比试比试。

米哈西卡记得他俩在夏令营认识时，萨什卡还很老实。现在他却变成一个好惹是生非的刺儿头，无论干什么都到了不顾一切的地步。不过，只有疯子才会迎着狼狗走上前去摸它们啊。

然而萨什卡每次课间休息都穷嚷嚷，吹牛皮，老催着米哈西卡，米哈西卡只好说"好吧，就这么办"。他和萨什卡打赌，要证明萨什卡是个胆小鬼。他们议定赌三次，每次输家都得履行赢家提出的三个条件，萨什卡二话没说便答应了。

放学后他们跑回家去吃饭，等天快黑的时候，狗就该到商店来了。他们在大街上商定的地点会了面，弗罗洛娃大婶的独臂丈夫牵着他那两只狼狗每天都要从这条街上经过。

两只狼狗在大街上露面时，天已经黑了下来。萨什卡一看见狗，脸色马上变得煞白。米哈西卡对他说，不要干傻事了，他可以取消所有的赌注，可这不知为什么反而更激怒了萨什卡。

狗越来越近。这两只狼狗脚趾稍稍有些向内撇，它们走过之后，就会在地面上留下一串串五瓣梅花印，过往的行人都乖乖地退到一旁，给这两只威名大振的狼狗让路。

萨什卡一阵战栗，他甚至脸都发青了。米哈西卡也一时不知所措。他真想一把抓住萨什卡的袖口，往后一拖，即使千错万错都归在他米哈西卡一人身上，也不能让萨什卡迈出这一步，做冒险的傻事。

两只狼狗走过来了，离他俩越来越近。萨什卡上前跨出一步，一只狗当即咆哮起来，身上的毛奓起，拉着弗罗洛娃大婶的丈夫朝萨什卡奔去。另一只狗不慌不忙地走着，耷拉着脑袋，好像什么也没发现。

弗洛罗夫向那只狗吆喝了一声，它乖乖地不再叫了。萨什卡站在马路边上，眼巴巴地望着狗向前走去，吓得面如土色。说句实话，当萨什卡向那只狗迈出第一步，也是唯一的一步时，米哈西卡也吓得浑身都起了鸡皮疙瘩。米哈西卡嘘了口气，本想安慰安慰萨什卡，但萨什卡朝他转过身来。米哈西卡看到：萨什卡眼里噙着泪水，他大概是因为打了那个荒唐的赌在生自己的气吧——他当然也不会对米哈西卡有好气儿。

"走开！"他小声说。

"你得了吧，萨什卡！"米哈西卡说，"我都被吓得要死了……你看狗的毛都奓起来了！"

"走开！"萨什卡恶狠狠地攥紧拳头。

他很可能认为米哈西卡是在笑话他，像在夏令营那样几乎所有的人都讥笑他萨什卡。米哈西卡突然想到，萨什卡大概也就是在去夏令营以后才变得如此天不怕地不怕的。他是想向大伙儿证明他萨什卡并不比别人孬。他想去摸摸狗，也是这个目的。不过他这不是在向别人，而是在向自己的好友米哈西卡证明啊。

"你得了吧，萨什卡！"米哈西卡又说。

萨什卡突然喊起来：

"走开！走开！听见没有？你这个见钱眼开的坏蛋！"

"瞧，他真是气极了！"米哈西卡暗自思忖，好像萨什卡觉得他最好的朋友米哈西卡会对他有什么不好想法似的，其实米哈西卡早就把夏令营的事抛到脑后了。

"你怎么啦？吃错药了吧？"米哈西卡反倒笑了。

"见钱眼开的坏蛋"这七个字他甚至都没留意到。

"走开！"萨什卡又重复了一遍，"你们一家子都是一路货，都是一些只认钱的坏蛋！"

"他怎么，真疯啦？"米哈西卡想，"我把他当朋友看待，他却……"

"你再说一遍！"米哈西卡说。

"就是说啦！"萨什卡愤愤地应了一声，"都是只认钱的坏蛋！你妈妈现在在市场上倒卖糖果。"

米哈西卡用尽全力猛地一拳打过去，萨什卡一下子就倒在已经有点儿褪色的草地上，像一只装满重物的袋子，没有一点儿反应地倒下了。他没呼叫一声，也一句话都不再说，这反倒使米哈西卡感到一阵钻心的剧痛。这就是说，他说的是实话？"呸，胡说八道！"他马上又想。

但萨什卡的话已经使他走投无路，呼吸都平静不下来，迫使他去考虑问题。他加快步伐往家里走。走了一会儿，他马上又想到，现在已经是晚上，妈妈晚上在商店上班。于是他又向商店跑去，但最后还是改变了主意，决定回家。

家里没人。米哈西卡打开灯，直奔酒柜。两天前他们从免证商店买来的糖果还放在老地方。

米哈西卡打开包装纸，咬下来半块糖。

"浑蛋！"他边吃边想，"这个萨什卡真是坏透了！"

他的心无法完全踏实下来。米哈西卡转身又向商店跑去。商店周围还是排着长长的队伍，比上次的那个队伍还长。妈妈说过，现在已经是每天放一千五百人进去了。米哈西卡围着商店跑了一圈，然后去敲一扇门。好久都没人来开门，后来是一位女警察探头向外看了一眼。米哈西卡说是来找妈妈，得把钥匙交给她，女警察才放他进去。一个穿一件皱

巴巴大褂的老太婆去替换妈妈，不一会儿，脸色苍白的妈妈跑到有蜜糖饼干与香肠气味的走廊里来，她扑向米哈西卡，搂住了他。

"你怎么啦？"她问。

"没什么。"米哈西卡回答。

走廊里没有别人，只有一只小灯泡照着那些大箱子。

"妈妈，"米哈西卡看着她的眼睛，问道，"你在集市上卖过糖，是吗？"

妈妈脸上陡然失去光泽，变得愁眉苦脸，但米哈西卡仍盯住她的眼睛不放。

"这是真的？"他又问了一遍。

她忧心忡忡地看了米哈西卡一眼，他突然感到自己对妈妈的怀疑是不公正的，几乎都要痛哭起来。

"连你也相信这话？"她问。

米哈西卡一步跨到妈妈跟前，头紧紧依偎着她。妈妈拢了拢他的卷发，又摸摸他的头。

米哈西卡像是一块石头落了地。

"快走吧！"妈妈说。

米哈西卡顺着走廊走去，走到头又回转身来。他似乎觉得妈妈靠到了墙上。他想向她跑过去，但妈妈朝他挥了挥手。

他看到妈妈的脸好像完全变成了土色。

二十二

十月上旬，昏暗的太阳像是怕冷了，裹上了棉絮般的云团。有两天还下着蒙蒙细雨，天一放晴，那些还没收获土豆的人家都肩荷铁锹，匆匆赶到自留地去。那些铁锹如同武器，都用麻布片缠得好好的。天气说变就变，等连阴雨天一来，就得去湿地里刨了，得除去土豆上的稀泥，还得在土墩上磕磕绊绊地搬运一包包土豆，因为每普特土豆都像黄金一样贵重，所以现在必须抓紧时间，将土豆收回来。

土豆地附近的那片树林真是美极了。米哈西卡想：秋天看来就是比春天好。因为春天除了绿色还是绿色，秋天却有红色、黄色和褐色，小树林打扮得漂漂亮亮，像是要上哪儿去做客似的。

他们的活干得很顺手，不过那块地还是够大的了。爸爸先刨了好几行，把土豆刨出来。妈妈、米哈西卡，还有来帮他们忙的卡佳都跟不上趟儿。于是爸爸把锹交给米哈西卡，帮着从地里捡土豆。米哈西卡累得腰酸背痛，不时直起腰，往手心里啐几口口水，再接着刨。

如果口渴了，米哈西卡就把锹插在土里，向流过一块块白石头的小河走去。他在河边的草地上趴下，就直接从河里喝水。冰牙的河水喝进去，嗓子眼里也凉丝丝的。河底的细沙在阳光的照射下黄灿灿的。河水奔腾向前，急匆匆地流向另一条小河或稍大一些的河，涤净了散落在细沙里的各色小石子。米哈西卡看着这些小石子，他不想去触动它们，把它们从河底捡起来，弄浑了河水。在那些普普通通的灰色小石子和鹅卵石中间，还有一些透明而洁净的小石子在水中闪烁。"那可能是水晶石吧？"米哈西卡心想。地理课老师给他们说过，小河中会有一些小块水晶石，它们像山泉一样透明而又洁净。

米哈西卡想起来了，爸爸刚回家不久，他们一家三口来过这里，当时米哈西卡从河底拾起这些透明的小石子，对着田野、天空和太阳照过，他那时候不知道这是水晶石。他们唱着爸爸、妈妈小时候唱过的少先队员的"土豆乖乖"之歌，一切都很美好，一切都明明白白。

米哈西卡又想到萨什卡·斯维里多夫，想到那次意外而有些荒唐的打赌。他绞尽脑汁也猜不透，为什么他最要好的同学萨什卡会突然说出那种话，其实他俩之间的关系还是挺铁的。

米哈西卡说什么也猜不透其中的奥秘。

看书——他在想萨什卡；在大街上闲逛—— 他又想起萨什卡，萨什卡搅得他六神无主。刨土豆时就更不用说了。萨什卡还从未这么无事生非地使人难堪过，他甚至从未去拽过女同学的辫子。可这次竟出了这种毫无道理的事。

米哈西卡刨土豆，捡起来，隔一段时间跑去喝几口水，同时老在想着萨什卡。

这时，他听见爸爸说：

"一点钟我们美美地歇一次。"

伊万诺夫娜外婆应该一点钟到，她来送午饭，妈妈和她说好了。今天是星期天，他们全家一大早就出门了，由伊万诺夫娜外婆来给大家做饭，并负责送到地里。妈妈给了她钱。

肚子开始咕咕叫了。卡佳说，肚子一饿，肠子就会干缩，然后一根根粘连在一起，所以如果没东西吃，就得喝水。对于卡佳的这种说法，米哈西卡认为是无稽之谈，但卡佳说她有过这种情况。她们去年冬天断了顿，找不来吃的，仅有一点儿能吃的都让给丽莎了。伊万诺夫娜外婆去了军事委员会。那里的人认识她，因为卡佳和丽莎的爸爸生前也是一名军官，他们给了她一笔钱。她用这笔钱在市场上买了一些冻大头菜，熬了一大锅粥让全家喝，又便宜，量还多。卡佳控制不住自己，喝多了，结果肚皮突然疼起来，疼得她在床上直打滚儿。

医生坐车赶来，她狠狠地数落了外婆一顿，说不该在长时间饿肚子后一下子给孩子这么多吃的。

"这样会造成肠扭结的。"她说。

米哈西卡又到小河边走了一趟，喝足了水，用袖口擦了擦嘴。有人从远处的田埂走来。

"那大概是伊万诺夫娜外婆吧。"他对妈妈说。

伊万诺夫娜外婆用一只还是战前用过的搪瓷桶带来了粥，粥上面还放了一大碗汤，整只桶用一个小靠枕封盖好。

大家围成一圈坐好，花了很长时间叫伊万诺夫娜外婆一起吃，但她说什么也不坐过来，说是吃过了。

伊万诺夫娜外婆的脸像是用一块白木头刻的，上面布满了深而发暗的裂口般的皱纹。那些皱纹深得很，简直叫人难以相信老太太从前也和所有的年轻人一样有过光洁的脸。

妈妈问：

"你怎么啦，伊万诺夫娜大婶？是有什么不顺心的事？"

老太太抬起不停晃动的头，说：

"唉，不要说了，薇拉！你瞧仗都打完了，可灾难还没完没了……"

大家都朝她转过身去。

"我刚才见到了尤利娅·尼古拉耶夫娜。她去萨什卡家，一副伤心难过的样子。"

接着，伊万诺夫娜外婆给大家讲了有关尤利娅·尼古拉耶夫娜的一段故事，米哈西卡听了发出一声嗟叹。

前年，尤利娅·尼古拉耶夫娜从学校回家，路上碰见一个女邮递员。这个邮递员曾经是她的学生，两个人停下来说了说话。邮递员说："您的学生中是不是有一个叫萨什卡的，他妈妈有心脏病？"尤利娅·尼古拉耶夫娜说她是有一个叫萨什卡·斯维里多夫的学生，数学成绩特别好，而且他妈妈确实是经常犯病。

邮递员说：

"有他们家大儿子的阵亡通知书，但我不敢去找她，怕她当妈妈的承受不了这突如其来的打击。"

尤利娅·尼古拉耶夫娜从邮递员手里接过阵亡通知书，告诉对方说，等找个适当的时机她会把阵亡通知书交给萨什卡的妈妈。

米哈西卡知道萨什卡的妈妈有心脏病。他不止一次见过萨什卡的妈妈犯病，有几次都是他和萨什卡一同跑到不远的锯木厂大门口，打电话叫来急救车。米哈西卡心想：萨什卡的妈妈知道这个坏消息准会受不了的，如果她出意外，就只剩下萨什卡孤零零一个人了。他爸爸已经在战争爆发前去世了。

伊万诺夫娜外婆在说，米哈西卡却在想象尤利娅·尼古拉耶夫娜和女邮递员见面的情景。尤利娅·尼古拉耶夫娜千叮咛万嘱咐，叫邮递员绝对保密，她自己则把阵亡通知书藏得严严实实，因为要把这样的消息通知萨什卡的妈妈，事先得让对方有个思想准备。

怪不得米哈西卡经常在萨什卡家看见尤利娅·尼古拉耶夫娜。她和萨什卡的妈妈天南海北地聊，萨什卡的妈妈不住地点头，说本来一切都还可以，眼看萨什卡也成了大人，她就是对大儿子科利亚放心不下。

他音信全无，阵亡通知书也没见着，很有可能是被派去当游击队员了……

尤利娅·尼古拉耶夫娜一直拿不定主意是否该把阵亡通知书交出来，她真的缺乏足够的力量交出那一页纸。

她想着科利亚，课间休息时久久地望着萨什卡，碰上他淘气也不去阻拦。她就这样一直想着萨什卡，想着他妈妈，想着那一纸阵亡通知书。

没有人求她这么做，尤利娅·尼古拉耶夫娜把这个沉重的负担承受下来，这肯定不是一件轻松的事。她身负别人的重担，等着萨什卡妈妈的身体变得好一些，等着对方习惯科利亚已经不在身边，然后她和对方一同分担这一痛苦，把对方从灾难中解救出来，因为对方还有一个儿子——萨什卡。

胜利越来越接近了。尤利娅·尼古拉耶夫娜想，在这样的日子里，萨什卡的妈妈肯定承受不了这一不幸的打击。

如今战争已经结束了好几个月，现在该去说出真相了。

米哈西卡想象着尤利娅·尼古拉耶夫娜来到萨什卡家的情景——她来到台阶前，却停下了脚步，犹豫不决地顿了顿脚，不知所措地四下顾盼，然后才嘘了口气，吃力地登上吱扭作响的台阶。

二十三

伊万诺夫娜外婆用手抹了一下脸，像是拂去了蛛丝。妈妈长叹一声。

米哈西卡试图去想象尤利娅·尼古拉耶夫娜是怎样把科利亚牺牲的事告诉萨什卡的妈妈的，但想象不出。他还想起了科利亚。萨什卡给他看过科利亚的照片，那是个英俊的小伙子，两边的肩章上各有一个星花。

妈妈若有所思地望着一旁。爸爸放下勺子，风吹乱了他的头发，他们第一次来到这块地时也是如此。他皱起眉头，额头上堆起一道道皱纹。

米哈西卡还从未见过爸爸如此严肃和沉思的模样。

爸爸点了一支烟，瓦灰色的烟雾弥漫开来。

"我们还得用好长时间去打听那些牺牲了的人。这像是一种回声……战争结束了，可回声还得长时间地回荡。过去常有这种情况，你躺在战壕里，四周是个大地狱，什么东西都在爆炸，一不小心就会要了你的命。你躺在战壕里想：我真傻啊，过去都没有好好生活。时间一天天、一月月地过去，可你却浑浑噩噩地过日子……唉，等我们迎来了胜利，那时候我就会知道生活的可贵了，一定要珍惜生活啊！"

爸爸说着站起身。米哈西卡想，他今天的这番话有些不同寻常，令人感到惊讶，他过去可从未说过这样的话。

"听你刚才这么一说，伊万诺夫娜大婶，就像是重新刮来一股热气。好啦，叫战争见鬼去！还是让咱们好好过日子吧！"他有些激动地对伊万诺夫娜外婆说。

爸爸抓起锹，攥在手里，双眼顿时闪动起来。

"我想忘掉……你们明白吗？我想忘掉一切！忘掉死亡、鲜血和伤痛……那些我都看透了，你们明白吗？得活着，要活着！"

爸爸说着将锹插进土里，用力一踩，翻出一大锹土豆。大家也都站起来，准备去捡土豆。

"我说你们呀，能活下来就值得庆幸！"他边说边一锹锹地将带着土豆的土翻起来。大家都去捡土豆，只有伊万诺夫娜外婆还站在原地，两眼直瞪瞪地望着爸爸，她的头在不停地抖动。

"你要忘掉？"她像是感到奇怪，说道，"怎么能忘掉所有这些呢？谁能做到这一点？"

爸爸像是没听清她说了些什么，或者他根本就不想听。

他发狠地踩着锹，用力把土翻过来，似乎是想一下子把整块地的土豆都刨出来。

"土豆乖乖——土豆乖乖——土豆乖乖……"

二十四

第二天，萨什卡·斯维里多夫没来上学。

放学后米哈西卡去他家，在大门外和尤利娅·尼古拉耶夫娜撞了个满怀。

"你暂时别上他家去。"尤利娅·尼古拉耶夫娜说,"明天他会来上学的。现在应该让他们单独待一会儿。"

等萨什卡来到学校,全班都知道他哥哥死了,但是谁也没去找他问这问那,因为米哈西卡事先打过招呼。

课间休息时,米哈西卡凑到萨什卡跟前坐下。他俩就这样一直坐到上课铃响,谁都没说一句话,萨什卡好像根本就没看见米哈西卡。

第二天仍然如此。米哈西卡想,大概是萨什卡不愿意让人家去打搅他。一个人遭到不幸的时候,最好能独处一阵,缓一缓,冷静冷静……

米哈西卡晚上做好功课以后,就到丽莎和卡佳那儿去了。

有时候米哈西卡觉得姑娘们和伊万诺夫娜外婆待他有些异样。她们冲他笑,若无其事地和他聊天,但一坐下来喝大头菜汤或荨麻汤时,就不叫米哈西卡和她们一同进餐了,过去可不这样。

米哈西卡为此很伤心,也替自己害臊。因为他知道,她们不叫他是担心他会推辞——他如今在家里吃得可好了。他们家香肠不断,黄油和别的东西都不是高价买的,因为他妈妈在商店工作。可这一家没香肠,而且还不知道什么时候会有呢。

米哈西卡觉得如今伊万诺夫娜外婆和妈妈打招呼都有些异样了,就像跟将军打招呼一样。

原来萨尔策当时说的那些话还是挺有道理的。

他不怪伊万诺夫娜外婆,她没有任何过错,这都是妈妈的不是,还有爸爸。就因为他们,现在伊万诺夫娜外婆都不叫他和她们一同吃饭。他好像变成了老爷。

米哈西卡想尽一切办法为自己赎罪。他给姐妹俩送去香肠,心里却感到惭愧,因为她们很可能会想,他现在发财了,就拿自己的香肠去臭显。当然,无论是卡佳,还是丽莎,并没这么说,但他总觉得她们会这么想。

当米哈西卡在琢磨这件事的时候，仿佛千钧重担朝他压了过来。他想，人世间的生活到底还是太不公平了。比如，对于他们家来说，战争已经结束，爸爸回到了家。他们现在很少喝面糊糊了，越来越多的时候喝的是粥，荞麦粥或黍米粥。总而言之，对他们来说战争不复存在，战争已成为过去。怪不得爸爸那时候扯开喉咙嚷嚷说："活着的人应当活下去！"瞧，他们现在不就是在想办法活下去吗，不是活得很好吗？！

可对伊万诺夫娜外婆来说，苦日子什么时候才是个尽头呢？

很可能就不会有尽头了。丽莎和卡佳只要想起她们的爸爸、她们的妈妈，就意味着战争永远不会结束。等她们长大成人，等她们都老了，也有了自己的儿女，可只要一想起爸爸和妈妈，又会想起那炮火连天的战争，又会想起那大头菜汤，想起从面包厂弄来的面包，想起丽莎舔过的那些撒有一层糖渣的小白面包，还会想起架在拉面包小车上的棺木……

她们所要求的也就是普普通通的生活，不愁吃，有香肠和黄油……可是什么时候才能这样呢？

米哈西卡有时候想入非非，幻想有一天早上他一睁开眼睛，就能听见列维坦（莫斯科电台著名的播音员）庄重宣布，从即日起，所有因为战争没能吃饱喝足、日子过得紧紧巴巴的人都会领到一种特别的票证，凭这些票证就可以到免证商店去免费领取一定数量的食品，当然是按人头供给。

而残酷的现实是，商店开门那天，所有的人都在买食品，卡佳和丽莎却在那里卖号，排四个队收入四个卢布。

米哈西卡拿到的是水果馅糖果，她俩却……

如果按米哈西卡的设想，凭新发的票证她们将优先得到供应。

米哈西卡明白，这当然是想入非非，这样的票证是不会有的；也可能会有，不过不是现在。

现在正处在战后时期，国力还很虚弱，就像一个人受伤，失了大量的血。

不过那该怎么办好呢？尽管胜利日那天的礼炮是为大伙儿鸣放，胜利也是大伙儿的，凭什么对一些人而言战争已经结束，而对另一些人来说却还在继续？

而且，对有些人而言是从来就没有过战争。比如萨尔策就如此，整个战争期间他都在倒卖皮鞋。而只要有钱，即使战争时期，市场上也是什么都能买到。

最好把这些投机商贩当富农对待，将他们的全部财产没收分给穷人。

现在只有一条出路，那就是尽快将被破坏的城市建设好，让乌克兰的庄稼快些长。尤利娅·尼古拉耶夫娜还从一年级起就对他们说过，乌克兰是我们的粮仓。

只要有了粮食，伊万诺夫娜外婆和她的外孙女们就可以缓口气，日子就会好过多了。

这些思绪让米哈西卡不得安宁，他总觉得有些事不对劲儿。

就因为法西斯匪徒进行了大规模的破坏。可什么时候才能把所有这些都建设好呢？肯定要好几年。这些年又怎么办？伊万诺夫娜外婆只能这么坐等吗？

不，这些想法前后都不着边际，就像习题集一样。虽然书后有答案，但题就是解不出来，而且看上去好像解得都对，就是答案不符……

有时候他想，就这么等着，就这么混日子，能吃饱肚子就行了。不过要说混日子和吃饱肚子，萨尔策就是这样做的呀，还有他的爸爸和妈妈，还有伊万诺夫娜外婆，她叫卡佳去卖格瓦斯也就是为了这个目的。

怎么会这样？所有的人都在为自己着想，都在考虑怎样苟活下去。

怎样才叫对呢？

　　萨尔策不用说是个卑鄙的家伙，他家钢琴里都塞满了皮鞋。可丽莎却瘦得皮包骨。伊万诺夫娜外婆只有去卖用面包皮发酵做成的格瓦斯，或去卖小白面包，不然就只有饿死，她没有别的出路。

　　有一点真叫人不明白——妈妈和爸爸……爸爸在工厂做工，妈妈过去在医院当看护，吃饭没问题，完全可以像其他人那样过着平平常常的生活。

　　不，像其他人那样原来并不好，应该比他们过得更好，应该有房子。有房子可是件好事情。要是给房子，又有谁会不要？就是伊万诺夫娜外婆也不会不要。萨尔策就更不用说了。但是谁给呢？谁也不会恭恭敬敬地拱手送给你说："请收下吧，放宽心住下去，在暖烘烘的炉台上互相讲故事吧。"这就是说，要自己动手去盖。

　　可为了盖房子，就从医院转到商店？谈到建设工厂劳动时还说："只是瞎耽误功夫……"开洋白铁修理铺，遇上残疾军人都绕着走。

　　如果大家都这么生活，都只为自己，什么事都只替自己打算，那什么时候才能恢复到战前的水平？是不是永远也没有这么一天了？虽然战争像伤口那样结了疤，可伤疤却永远留下来了啊！

　　米哈西卡想起有一次他曾帮卡佳用篮子往市场上送过格瓦斯。他俩快要进市场时，看见好些人突然从集市那边跑过来！卡佳喊道："要抓人啦！"然后哧溜一下钻进了大门下面的孔洞。卡佳浑身筛糠似的不住颤抖，看见有好些人都带着东西从大门外跑过。有个大婶举着红公鸡棒棒糖跑过去了，有个大叔腋下夹着两个面包，另一个大婶什么也没带，只是衣服兜鼓起老高。

　　大街上突然出现几辆卡车，车上的人个个兴高采烈，他们唱着歌。车帮上挂一块大红布，上面写着：重建斯大林格勒！

卡佳羡慕地说:

"要能和他们一道去该有多好……"

米哈西卡也很想去。

他俩目送卡车远去,人们不断从市场跑出来,从他俩身旁跑过。

二十五

冬天里暴风雪不停,到处都是雪堆,木屋的原木冻得噼噼啪啪响。但这一切都过去了,河水又开始欢唱,椋鸟迫不及待地高声叫了起来。大地让太阳一晒,掀掉了盖在身上的白被子。

可米哈西卡和萨什卡·斯维里多夫之间的关系还没有任何改善。

米哈西卡为那次吵架的事一直深感内疚,真不该去激萨什卡,说什么敢去摸那两只狼狗就是最勇敢的表现。其实完全可以说一些根本不可能的事,比如说跳伞。他们全城还没人跳过伞,虽说也有飞机,有时还有"玉米机"飞过。如果说跳伞,那就没事了,架也吵不起来了。如果萨什卡从来没跳过伞,也就无从表现出勇敢。而他却说了狼狗……瞧,那就是狼狗,它们每天都在大街上来回走。无论是上班和下班,狼狗就在跟前,完全可以用此来检验一个人是否勇敢。

结果检验出事来了。

还在上四年级的时候,尤利娅·尼古拉耶夫娜就说过——世界上万事万物都在意料之中,什么都可以预见,并能做出预报。她那时候说的是科学。据她说,地震、洪水、暴雨和降雪,所有这些都属于科学的范畴,都可以做出预报。

她是为了证明根本不存在什么上帝。

上帝嘛,倒是很可能不存在,可要说什么都能预报,根本就不可能。

米哈西卡莫非当初就能知道他与萨什卡·斯维里多夫会闹到这种地步？

事情发生在体育课上。五年级以前根本就没有体育课，现在有了。每逢星期五，他们连着两个小时在院子里做各种操练，跑呀，跳呀，踢足球，大家玩得开心极了。

那个星期五他们像往常一样又跑又跳，伊万·阿列克谢耶维奇说他要去取球，让他们最后玩玩足球。他走了，同学们顿时喧闹起来，开始玩粘人游戏，在草地上翻跟头，练倒立。

只有萨什卡和米哈西卡坐在一个小土丘上。萨什卡在晒太阳，米哈西卡边看他边想，怎样才能和萨什卡和好开口说话呢？怎样才能终止这场荒唐的闹剧，使两人重归于好呢？米哈西卡一只脚蹬住一块鹅卵石，石头在阳光下闪现着云母的光泽。

突然，在草地上翻跟头的那些同学一个个停下来不动了。过去就是校长进操场他们也没这么老实过，伊万·阿列克谢耶维奇就更不用说了。

米哈西卡转过身去，不禁一怔。只见萨瓦捷伊和他那帮狐朋狗友正从操场的另一边走过来，他们把步子放得很慢，走起路来好像有些勉强似的。每人头上戴一顶便帽，窄窄的帽檐，顶上是颗小小的纽扣。他们一个个把帽子全拉到额头上。走在最前面的是萨瓦捷伊，他漫不经心地叼着烟卷儿。

尤利娅·尼古拉耶夫娜曾对他们讲过蝮蛇。蝮蛇藏身于植物的藤蔓中，一想吃东西便爬到小路上来。如果有兔子跑过，它便扬起头，目不转睛地盯着猎物。兔子吓得连忙蹲下。蝮蛇就这么对着它看呀看呀，小兔子却哪里也不敢跑，蝮蛇瞅准时机便把它一口吞下。

萨瓦捷伊现在就很像蝮蛇。他边走边望着大伙儿，大家都老实下来了，没有一个人敢动弹一下。每个人都担心萨瓦捷伊马上就会对自己下

手。可是，如果大家要能一起来对付他，他的处境也一定会很糟糕。

"尼古拉三世"迈着四方步，神色镇静，他看着同学们的眼睛，使他们都不敢走开，甚至不敢扭头向后瞧一瞧。

萨瓦捷伊环视一下，好像没有一个人中他的意，于是他瞥了萨什卡一眼。萨什卡在他咄咄逼人的目光下站了起来。不过萨瓦捷伊似乎对萨什卡不感兴趣，只是像对个老熟人那样使了个眼色，然后把目光落在了米哈西卡身上。

米哈西卡还记得萨什卡曾经在萨瓦捷伊手下"干过事"，用萨什卡自己的话说，是给对方当过"跟班"。就是说，像个副官一样，一直跟随对方左右，萨瓦捷伊叫干什么他就干什么。但后来他妈妈把萨什卡从萨瓦捷伊手里夺回来了。

萨瓦捷伊向萨什卡使了个眼色，便向米哈西卡走去。

米哈西卡不知为什么突然紧张得心怦怦跳，只觉得嗓子眼里堵得慌，此刻的心情就跟那年冬天他和萨瓦捷伊的那次相遇一样，从腰际顺着后背一直到脖颈都起了一层鸡皮疙瘩。

萨瓦捷伊越走越近，越走越近。米哈西卡也不知不觉地迎着对方慢慢站起来。萨瓦捷伊逼到米哈西卡的跟前，向米哈西卡伸出手来，伸出他那只肮脏而结实的爪子。

米哈西卡一想到萨瓦捷伊可能马上会用那只肮脏的爪子朝自己脸上打来——这是萨瓦捷伊惯常的举动，不禁内心里一阵颤动，但又不知如何是好，只得硬着头皮准备好去迎接这最最可怕的结果。但萨瓦捷伊却把手伸向米哈西卡的短上衣，还摸了摸。米哈西卡的这件上衣是妈妈给他新买的防寒服，很合他的心意。上衣是用毛绒料缝制的，妈妈说是长绒头的。长绒头是什么意思，米哈西卡对此一无所知。

"哎哟！"萨瓦捷伊怪声怪气地喊着。他说的是"哎哟"，而不是"哟嗬"。

米哈西卡还没弄清楚是怎么回事，萨瓦捷伊已经快速地从衣兜里掏出火柴，划着了一根，来烧这件上衣。米哈西卡看见火苗儿一蹿，他身上顿时腾起一道高高的黄色火舌，面部感到了一阵灼热，他急忙将上衣脱掉。

一切都发生在一瞬间。米哈西卡看了上衣一眼，发出一声惊叫。深褐色的料子一下子成了又黑又乱的条条绺绺，所有的长绒头都被烧光了。

萨瓦捷伊及其同伙哈哈大笑，都来拍米哈西卡的肩膀。

就在这时，"尼古拉三世"又向他伸出手来，打了他一个嘴巴。

米哈西卡没料到萨瓦捷伊会来这么一招，他还没来得及弄清楚是怎么回事。一切发生得太突然。

米哈西卡被惹火了，他弯下腰去，捡起一块石头。他刚才坐在小土丘上琢磨如何和萨什卡开始说话，一只脚蹬的就是这块石头。经太阳一晒，石头还温乎着呢，它在米哈西卡的手里闪闪发亮，有一种云母的色泽。

萨瓦捷伊向后退了一步，他看到了米哈西卡的眼睛，看到了里面有令他害怕的凶光！

他又后退了一步，再一步，他那伙人也在后退。

此刻米哈西卡的头脑非常清楚，心也不再怦怦跳了。他不想再屈服于萨瓦捷伊了，恰恰相反，现在他要让这伙戴着便帽、一个个都自以为比他高出两头的家伙们来服从他的意志。眼前的情景让米哈西卡暗自得意，"原来他们怕这个——害怕动武，害怕来硬的！"

他得意地笑着，这对萨瓦捷伊起了作用，只见对方向后越退越快，越退越快。米哈西卡打算朝萨瓦捷伊的太阳穴砸去。他早已在那张长脸上挑好了地方，就往那有一条青筋搏动的地方砸，要一下子命中要害！

萨瓦捷伊大概猜到了米哈西卡在想什么，他急急忙忙把手伸进衣兜里，一边还在向后退，一边掏出来一把刮脸刀，是那种平平常常的剃刀。他的手在发抖。

"扔掉！"他说，"要不我割了你！"

话虽这么说，可他还在一个劲儿地后退，他那伙人也一同向后退。

米哈西卡犹豫是否把石头扔出去，因为只能投一次，然后怎么办呢？就只射出一发炮弹？太少了。不，他要用这块石头砸死这个"尼古拉三世"、这只"胡狼"、这个扒手。这个连成年人也怕他三分的萨瓦捷伊，这次非把他砸死不可，不能再让他横行霸道了。

米哈西卡向前跨了两步，紧逼到萨瓦捷伊跟前，扬起了这块掺有云母成分的棒槌一般的石头，突然有人抓住了他攥着石头的那只手。

米哈西卡回转身，看见了数学和体育课老师伊万·阿列克谢耶维奇。

"这样会把人砸死的！"伊万·阿列克谢耶维奇说，"你疯啦？是想叫你父母为你去蹲班房？"

米哈西卡扔掉石头，看了萨瓦捷伊一眼。萨瓦捷伊和他那伙人站在围墙跟前，冲米哈西卡直挥拳头。

"你们从这里出去！"伊万·阿列克谢耶维奇冲萨瓦捷伊那伙人喊了一声，并朝他们投去一块石头。

萨瓦捷伊和他的狐朋狗友一下子跑得无踪无影。

米哈西卡颇觉诧异地看了伊万·阿列克谢耶维奇一眼，那眼神好像在说：老师竟然是第一个敢于向萨瓦捷伊叫板的人。

萨瓦捷伊从围墙上伸出那张长脸儿，喊道：

"喂，你这个狗杂种，瞧我怎样来收拾你！"

萨瓦捷伊说话是算数的，这大家都知道，但米哈西卡此时此刻已经豁出去了。

"我倒要看看是谁收拾谁！"他冲萨瓦捷伊大声喊。

萨瓦捷伊像匹骟马长啸一声，然后大声叫道：

"萨什卡！"接着还打了声唿哨。

米哈西卡不明白，为什么萨瓦捷伊对萨什卡像吆喝自家的弟弟，口气中有一种要人绝对服从的成分。他朝萨什卡转过身去，看见对方在原地踏了踏步，而后慢慢地向围墙外走去。

米哈西卡仿佛被人抽了一鞭子。眼前发生的事比那件上衣被烧和脸蛋儿遭萨瓦捷伊那只肮脏爪子抽打更让他痛心。

萨瓦捷伊不时在围墙外边用命令的口吻喊几声，很像是拽着一根绳子，绳子的另一端拴着萨什卡。萨什卡呢，顺从地朝米哈西卡不共戴天的仇敌跑去，投奔到敌人那方去。

"叛徒！"米哈西卡喊了一声。

萨什卡像是让人猛击了一掌，刹那间停住脚步，朝米哈西卡挥了挥手，好像在说"你走开"。然而米哈西卡毫不示弱，又冲他喊了起来：

"狗腿子！叛徒！"

但萨什卡已经停不下来了。

"萨什卡，回来！"伊万·阿列克谢耶维奇喊了一声，米哈西卡看见他脸变得血红，"回来，课还没上完呢！"

米哈西卡一声冷笑：既然萨瓦捷伊叫萨什卡，作为他的随从，上不上课还有什么关系呢！

萨什卡追随萨瓦捷伊去了。这时米哈西卡一下子明白过来：自己输了，彻底输了！萨瓦捷伊刚刚还从他面前后退，当时米哈西卡是手持铁锤的好汉，此时这个萨瓦捷伊却鄙视他，把他看得一文不值，因为就在萨瓦捷伊向围墙那边退去时，还带走了他的好友。

就算他俩彻底闹翻了，甚至大打出手，但萨什卡终究还是朋友，还是朋友啊……如果是萨瓦捷伊把他劝降的，如果萨什卡站到萨瓦捷伊一边去，那就意味着米哈西卡输了。这让米哈西卡痛心极了。

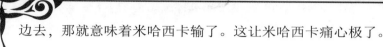

二十六

这个念头一出来，米哈西卡甚至打了个冷战。他朝围墙方向跑了起来。

"你疯啦？"伊万·阿列克谢耶维奇在他身后喊着，"他们可是什么事都干得出来的……"

米哈西卡站住了，回转身，对身穿军官制服，负过两次重伤、一次中等伤的老师笑了笑。刚刚他还以为伊万·阿列克谢耶维奇是第一个敢于向萨瓦捷伊叫板的大人，看来他想错了，真的想错了……

然后米哈西卡更快地向围墙跑去，从那些一直老老实实待在那里的男女同学身旁跑过。米哈西卡觉得这些同学很像棋盘上的棋子儿，他们待在棋盘上，就等着有人去搬动他们哩。

"疯子！"有个女孩子朝他喊道。

"回来，米哈西卡！"伊万·阿列克谢耶维奇在身后扯起嗓子喊，"还没下课，我不许你这样！"

"不许？"米哈西卡冷笑一声，"你连自己的得意门生萨什卡都管不了，还想管住我吗？"他感到好笑，同时也对自己感到奇怪——此时此刻居然还能笑得出来。

萨什卡翻过围墙。萨瓦捷伊向他伸出一只手，他们就不见了。米哈西卡大步跑着，两臂紧贴着身子，屈肘，也不来回摆动，伊万·阿列克谢耶维奇在体育课上就是这样教他们的，米哈西卡完全按要领来。围墙对他来说太矮了，他像鸟儿一样飞了过去，轻捷地落在一堆枯叶上，脚下的树叶一阵沙沙响，仿佛有成千上万只老鼠在动。

萨瓦捷伊和他那伙人背对围墙站着。看到米哈西卡，他全身震颤了一下，没回过神来。其他人也惊惶地扭转身来，萨什卡从他们身后探出头来张望。

"哼！"米哈西卡嘘了口气，鼓起勇气向萨瓦捷伊迈出一步，但心中突然掠过一丝胆怯。

笑意顿时不翼而飞，那股豪勇之气顷刻间也化为乌有，一种像萨瓦捷伊那只爪子一般纠缠不休的恐惧感在胸中攒动起来。

米哈西卡觉得萨瓦捷伊马上就要朝他扑过来，然后用剃刀割他。但萨瓦捷伊默然地望着他，在这种突发情况面前慌了神，一动也不动。其他人一个个好像都是萨瓦捷伊的影子，也一动不动。仿佛人在月夜里赶路，他一步一步地朝前走，他那蓝色的影子也一步一步地朝前挪。他伸出一只手臂，影子也把手臂伸出去。影子就像拴在链子上的哈巴狗，听话极了，绝不做一丝半点儿多余的动作。眼下就是这样，萨瓦捷伊的那些蓝色影子都站着，一动不动。

"你真够勇敢的。"萨瓦捷伊突然说，接着他那些影子一个个都有些惊愕地看了米哈西卡一眼。

只有萨什卡在可怜巴巴地望着米哈西卡。

"咱们来把他宰了，怎么样？"萨瓦捷伊问。

"你们都活腻了?！"米哈西卡大声问，对自己挺得意的，他的声音没有任何胆怯的成分，"你们宰了我，就会被逮起来枪毙。"

萨瓦捷伊挪动一下脚，把手插进衣兜里。米哈西卡还以为他又去拿剃刀，但萨瓦捷伊只不过就是把手插进衣兜里罢了，没有任何用意。

"这么说，你这人很勇敢？"萨瓦捷伊问，他那张长脸上重新流露出信心百倍和心满意足的神态。

"你把萨什卡放了！"米哈西卡说。

萨瓦捷伊惊讶地抬起他那像一根线的眉毛。"你想得倒美！"他诧异地说，又饶有兴味地看了米哈西卡一眼，怪声怪气地说，"来了一个大商人呀！来买人……"

他瞥了萨什卡一眼，捋捋对方的头发。萨什卡居然都没把脸扭开，只是眨了眨眼睛，依然可怜巴巴地望着米哈西卡。

"好吧，一等商人！你拿什么来买呀？"

"随你们要什么好了。"米哈西卡说。

"怎么样，伙计们？"萨瓦捷伊问他的同伙，"咱们把萨什卡卖了？"

影子们一个个眨起眼睛，频频点头，嘿嘿地笑，不明白头儿的葫芦里卖的是什么药。

"好吧，咱们卖了！"萨瓦捷伊说，"咱们不卖钱，咱们要看的是一个人的胆量。你很勇敢，那就让我们见识见识你的胆量吧，就在你曾经考验过萨什卡的老地方。走吧！"

萨瓦捷伊一挥手，一帮人马上就跟着他走。米哈西卡跟着他们迈了两步，又犹豫不决地收住了脚步。

萨瓦捷伊回转身来说：

"你如果害怕，那我们就买你本人了，明白吗？就是说，你自己在出卖自己。所以你还是爱惜你的小命为妙……"他一阵狂笑。

影子们不用说也是一阵狂笑，于是米哈西卡又向前走去，现在他已经和萨瓦捷伊并排走在一起，一下子又胆大起来。胆气像河中的波澜，一浪一浪地不时涌向他。一会儿退下去，一会儿涌上来。河面上起波澜是因为刮风，这里又是什么原因呢？

他们从城里走过，大家都给他们让路，谁也不愿理睬这群流氓。

米哈西卡和萨瓦捷伊并排走着，他很可能也被人们看成了流氓，而且是个举足轻重的角色，因为走在队伍前头的就是萨瓦捷伊和米哈西卡两个人。

二十七

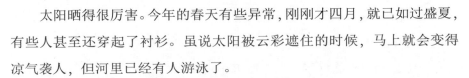

太阳晒得很厉害。今年的春天有些异常，刚刚才四月，就已如过盛夏，有些人甚至还穿起了衬衫。虽说太阳被云彩遮住的时候，马上就会变得凉气袭人，但河里已经有人游泳了。

暖融融的春风在十字街头卷起裹着废报纸的尘土，把模样滑稽的白棉絮片似的云团吹过天空。有一团云很像狐狸尾巴，伸得老长，毛茸茸的。

卡尔达科夫商店直到现在还在缝制军用男衬裤。战争虽结束了，可部队还需要这些。他们快要来到这幢楼时，还特意走到弗罗洛娃大婶卖冰激凌的地方。

弗罗洛娃大婶不在那儿，只有大桶还在，里面有一大块亮晶晶的冰正在融化。从大桶向马路上流出一股黑水，仿佛有只哈巴狗躲在大桶后面撒尿似的。

他们朝桶里看了一眼。萨瓦捷伊从桶里拿出一小块冰，塞进他一个影子的衣领里。小伙子一声尖叫，在原地打着转儿，然后弯下腰，想把冰块从领子里抖搂出来。本来都快要抖出来了，可萨瓦捷伊哈哈一笑，朝他屁股踹了一脚。那个影子全身一抽搐，两臂乱舞，不过他并不恼火——他不能恼火，他没有这个权利——反而哈哈大笑。

他们终于来到弗罗洛娃大婶家牵狗要经过的那条街。要等到天黑，等到把狗牵出来"上班"，还要等很久。萨瓦捷伊领他们沿着大街多走几步，然后拐过一个街角，在一道严严实实的板墙跟前停下。

板墙里面什么也没有，这里既不是花园，也不是果园。米哈西卡从墙缝里看得一清二楚，里面就是一个院子，还有两间狗窝。

"怎么样？"萨瓦捷伊问，"最好还是上我那儿去干活吧？"

米哈西卡想起萨瓦捷伊踹领子里被塞进冰块的小伙子屁股的情景，当时那个小伙子笑得声音都变调儿了；还想起萨瓦捷伊夺走了他的集邮册，点火烧了他的上衣，用那只黏糊糊的臭爪子打过他嘴巴，而现在又像赶牲口一样赶着萨什卡。一想起这些，不知为什么他反而立刻冷静下来了。

"走过去摸摸狗。"米哈西卡心想，"一定要走过去摸摸狗。"

萨瓦捷伊说：

"从两只狗中间走过去，然后从那边的板墙出来。"

米哈西卡冷冷一笑，他准备豁出去了。

"算了吧，科利卡（即萨瓦捷伊，萨瓦捷伊是姓，科利卡是名）！"那个衣领里被塞进冰块的影子说，"我们就揍他一顿算了，那两只狗可是会咬死人的……"

萨瓦捷伊恶狠狠地瞪了小伙子一眼，抓住他的鼻子用力往下一拖。小伙子的鼻子马上红得像个西红柿。

米哈西卡觉得很讨厌，虽说那个小伙子帮他说了话，他丝毫也不同情对方。

他最后看到的是萨什卡那张铁青的脸。萨瓦捷伊挨着萨什卡站着，把臂肘架在萨什卡的头上。

米哈西卡一纵身越过板墙跳到院子里，心却马上就稳了下来。两只狼狗已经在向他蹿过来，要溜走已经是来不及了。当然，萨瓦捷伊是不会发善心的，他不会把萨什卡让出来，再说萨什卡也不是一个让人买或者不买的面包，而是个人。

不，完全没必要向这个萨瓦捷伊证明自己此举的目的，萨瓦捷伊也不是那种可以向他证明什么的人！但是有一种强大的力量还是让米哈西卡翻过板墙，就像是一个士兵跨上了战壕的胸墙。

可等米哈西卡跳到院子里，弗罗洛娃大婶的狼狗恶狠狠地向他扑过来，他像是已经站在胸墙上，一切又恢复了常态。

他不是为了萨瓦捷伊，不是为了这个流氓到这里来的；他是为了萨什卡，要让对方明白什么人才叫真正的朋友；也为了那个衣领里被塞进冰块的小伙子，要让其明白，人不可以低三下四地活着。米哈西卡是为了他们才跳到这里来的，为的是要让他们知道，萨瓦捷伊胆小如鼠，大家不用怕他。

米哈西卡向前跨出一步，这完全出乎了萨瓦捷伊的预料。

狗窝分别在院子相对的两个角里，两只狗都由链子拴着，沿着两根铁丝跑来跑去。链子固定在滑轮上，而滑轮又顺着铁丝滚动。两只狗可以互相对扑，但因为有铁丝拉住了它们，使它们够不着对方，显然这是为了不让它们互相厮咬。有一只狗顺着板墙跑动，谁要上那儿去就会性命难保。另一只顺着楼跑，不让任何人在没有主人的陪同下到那里去。而在两只狗之间，在牵制它们的两根平行铁丝之间，有一条通道可以通行。米哈西卡要过去的那边板墙跟前有一大堆木头，攀着这堆木头爬上去，往下一跳就可以到街上了，这仅需要几秒钟的时间。

米哈西卡向前迈出一步。两只狗张开血盆大口，狂怒地向他扑过来，铁丝被绷得紧紧的。米哈西卡越是向它们走近，他心里就越有把握：狗是够不着他的，够不着！

只需迈出最后一步，他就进入那个由利齿夹击的通道了——一个两边没有墙的通道。右边和左边都是尖牙利齿，米哈西卡处在死亡地带里。

他在书里见过"死亡地带"这种说法。"死亡地带"有时也叫"中间地带"。它既不属于我们，也不属于法西斯匪徒。只有侦察兵敢于在这个地带行动，他们在这里有如鱼得水般的自由。

米哈西卡一步跨入那个通道。这段通道大约五十厘米宽。如果你一

步向右迈，就有可能被右边那只狗咬住。向左迈，就会被左边的那只狗咬住……要不慌不忙，一小步一小步地蹭过去。

往前走，往前走！就这样……

不能朝狗看！不能看！一看就害怕了。只需向后一退，另一只狗就会将你咬住。

这种走法就像走深渊上的独木桥。走独木桥的时候，如果你想活命，就不能朝两边看，不要去理会什么左边右边都是万丈深渊。只管朝前看好了！

米哈西卡一想到他仿佛是在走万丈深渊上的独木桥，身子马上晃了一下，还扬了一下手臂，身上有一种火辣辣的感觉。他用眼角瞄了一下手，手臂上像有人用红印泥划出一条道道。伤着了！大概是让狗牙咬的。

前线也有让弹片划伤的时候，在前线这点伤根本不算什么。不要去看手，不要去看血，要夹紧胳膊。

米哈西卡小心地一小步一小步地往前挪，就像小儿学步一样。

有人在围墙那边惊叫了一声。

米哈西卡看见两只狗都龇着利齿，凶相毕露地唾沫直流，铁丝绷得紧紧的。

只剩下一小半距离了，还剩下三分之一，就剩下二十几步了……

米哈西卡一步步地往前挪。他向板墙那边睃了一眼，萨瓦捷伊正两眼呆呆地望着他，萨什卡吓得脸色铁青，板墙那边围了不少人。

"是个小偷吧？"有人问。

"不是，"萨瓦捷伊回答，"是个耍把戏的，过一会儿就来收钱了。"

"啊——啊——啊——啊……"有人拖着长腔尖叫。

米哈西卡朝楼那边望了一眼——是弗罗洛娃大婶在那边喊叫。他看见弗罗洛娃大婶朝两只狼狗跑过来，跟在后面的是她的独臂丈夫。

米哈西卡后来狠狠地臭骂了自己一顿。原来狼狗他倒不怕，他怕的是弗罗洛娃大婶和她的丈夫。

难道什么事情都能事先预料到吗？眼看到那堆木头也就只剩下一两米的距离，过去就是大街，可这时，米哈西卡看见了跑过来的弗罗洛娃大婶和她的丈夫，身子晃了一下。

米哈西卡只觉得身后被一种可怕的力量弄得像刀割一般疼，他想朝前跑，差点儿又被另一只狗咬住。如果让它咬着那是必死无疑了。他用力向后一闪，后面又被刺了一下。

眼前一张猖猖狂吠的血盆大口在晃来晃去，甚至都看得见它的咽喉。

"法西斯强盗也是这样放出狼狗来咬我们的人。"他终于想起来了。

米哈西卡拔腿向那堆木头跑去，第二只狗咬住了他的裤腿，只听见旁边刺啦一声响，然后他一头撞在板墙上，咕咚一声倒在木堆上面。

他抬起头，看见了萨什卡那双血红的眼睛，不知为什么是血红的……

二十八

这些事都是爸爸不在家的情况下发生的，也许正因为如此，米哈西卡在家里才这么轻易就敷衍了过去，只是妈妈哭了整整一个晚上。

爸爸请了一个星期的假。他说，他请的是"扣工资"的假。米哈西卡原本以为，也许他们还会像洋白铁修理铺的时候那样，一家三口人在屋里待着，家里是那么舒适和惬意；或者全家去打猎，眼下正好是春天。爸爸说过，他有个朋友家里有猎枪，只要想用，人家随时都可以借给他们。至于从前线寄回来的那封信，他已经忘得光光的了……

打猎他们没去成，米哈西卡甚至都不提这件事了。因为爸爸请假不是为了休息，他装了十袋土豆，开来一辆不知从哪儿租来的卡车，把土豆装进车厢里，开到火车站去了。妈妈说他是到北方贩土豆去了。

米哈西卡想象着爸爸要在市场上卖土豆的情景，心里很不是滋味。虽然是在北方，那里没一个人认识他，但在哪里卖都一样叫人讨厌。爸爸对妈妈说："趁那边土豆行市好的时候，我过去卖。"

米哈西卡在床上趴着，萨什卡在床前看护他。萨什卡甚至为了照顾他都不去上学了。

怪事，尽管后背受了伤，米哈西卡几乎不觉得疼。

萨什卡叹了口气。米哈西卡仔仔细细地端详着萨什卡，发现他的嘴是肿的。

"你的嘴怎么啦？"

萨什卡低下头。

"没事儿！"他说，"萨瓦捷伊一定会被关起来的。现在就有好几个男生调进警察局了。等我长大了，也到警察局去工作。"

说最后这句话的时候，萨什卡显得很有信心，好像他真的很想当一辈子警察。

"我一定去！"萨什卡又重复了一遍，"你看着吧，我一定要把萨瓦捷伊这些人都关进笼子里去！最好是建这样一个动物园。"

他的眼睛放起光来："里面都是笼子，一个个笼子……一个笼子里关着老虎，另一个笼子里关着萨瓦捷伊。而且在笼子上写着：流氓、猛兽、专食血原质。一天喂三次，每次一汤匙。"

米哈西卡笑了。他知道萨什卡不喜欢食用血原质，因为那是血。虽说是牛血，而且还是甜的，但终究还是血。过去尤利娅·尼古拉耶夫娜用汤匙喂他们时，萨什卡一见血原质就恶心。他对老师说："我看血看够了，喝不下去。"

"再说我也不是那种哈巴狗呀！"萨什卡突然神情严肃地说，"一个人只能自己出卖自己，谁也不能把他买了去。"说着他的脸红了，"我那时候可是冲你直摆手……我想劝住萨瓦捷伊，叫他别招惹你。"

米哈西卡想起了他和萨什卡打赌，想起了事情的起因，说：

"也真是鬼使神差，当时是我让狗来咬你！"

"不，那都怨我。侮辱人是该挨嘴巴的。你要是愿意，就扇我耳光好了！来，扇吧！"

萨什卡跪在米哈西卡面前，将脸凑过去，不住地说：

"扇吧，扇吧，扇吧！"

米哈西卡笑笑，把脸转开。

"你最好说说，萨瓦捷伊是怎样又一次把你拉过去的？"他忍住笑问。

萨什卡马上变得一本正经，在凳子上坐下，把事情从头到尾说了一遍。米哈西卡听了之后，又一次感到深深的自责。是啊，这都得怪自己，怪自己当时听了尤利娅·尼古拉耶夫娜的话，没去看萨什卡，其实他是应该去的，他没有理由不去。

自从那次为狗的事吵翻之后，萨什卡不用说是气坏了，他也和米哈西卡一样，一连想了好几天。那时候就是米哈西卡原谅他，他也不会原谅米哈西卡，老是绷着个脸，嘴噘得老高……

就在这个时候，尤利娅·尼古拉耶夫娜到家里来了。萨什卡当时以为他会发疯的。科利亚被打死了，而且已经死了很久！可他一直以为科利亚还活着，很可能参加了游击队，因此无法往家里写信。尤利娅·尼古拉耶夫娜说出事情的真相以后，萨什卡非常失望、痛苦，甚至想过死，但尤利娅·尼古拉耶夫娜派他去为妈妈请医生，把妈妈送到了医院。妈妈在医院里只待了几天，可他觉得像是过了一个月。

萨什卡情绪稍稍稳定下来以后，尤利娅·尼古拉耶夫娜又来看他。

萨什卡那天头疼得相当厉害，可他还在想：莫非米哈西卡真的不来了？不管怎么说到底还是朋友……他俩就是吵翻了，干了仗，米哈西卡也应该知道这种不幸的分量啊。

突然有人敲门。萨什卡喜出望外，他以为一定是米哈西卡，没想到进来的却是萨瓦捷伊。萨瓦捷伊拿出一瓶酒，说：

"萨什卡，萨什卡，你真不该离开我！你要是跟着我，现在会当上我的第一副手，成为我忠实的朋友了。"

萨什卡告诉对方说，哥哥被打死了。

萨瓦捷伊回答说：

"我知道，正因为这样我才来了。不然我不会来找你的，那些人都是自己找到我门上去的。"

说着，他给萨什卡倒了一杯酒，黄澄澄的颜色，有一股臭虫味儿。他提议为萨什卡的哥哥干上一杯。萨什卡哭了起来，不过还是把酒喝了。所以第二天一整天萨什卡都在课堂上坐立不安，因为老是觉得恶心，想找水喝。

萨什卡回想起那天的情景，当时萨瓦捷伊捶胸顿足地大声嚷嚷，说他的日子很不好过，难受得很，没有一个真正的朋友，现在那些人都是一些没出息的饭桶，还要萨什卡跟他交朋友。

学校的生活令人讨厌，家里又很烦闷、苦恼。因为妈妈当时还在住院，所以放学后萨什卡便到车站去了，在那里找到了萨瓦捷伊。

萨瓦捷伊给了萨什卡五十个卢布，照他说的，先给萨什卡吃了点"小甜头"，接着他俩又去偷了玛特莲娜一袋葱。那一袋葱很便宜就卖出去了，萨瓦捷伊把钱都收进了自己的腰包。

他对萨什卡说：

"行了，我现在把你抓住了。祝贺你，你现在成了小扒手。"

萨什卡觉得全身发冷，但还是点了点头。

"现在我离开他了，离开了！"萨什卡说，像是怕米哈西卡不相信似的，"他只要再来找我，我就捅死他。"

说着，萨什卡从兜里掏出了匕首，就是上面刻着字和留有血槽的那把匕首，只是上面再没有"卐"这个符号。

"我现在随时都把它带在身边。"萨什卡说。

这时来了一个女医生，她像对老熟人那样冲米哈西卡笑笑，叫他解裤带。

米哈西卡忐忑不安地解开裤带，女医生麻利地把针扎进他的皮下肌肉里，他疼得发出一声尖叫。女医生说，现在的孩子可真怪，他们不怕狼狗，却怕打针。

女医生走了，米哈西卡却在想，如果弗罗洛娃大婶家的两只狗是疯狗，他就会发疯的。于是他试着抬腿上墙，因为他听说疯子都爱上墙，而且会像狗一样咬人。

他俩笑得前仰后合。米哈西卡很快就觉得浑身热起来了，额头上都渗出了汗珠，于是他又再次躺下，这时才觉得伤口火烧火燎地疼。

二十九

又聊了一会儿，萨什卡站起身，他该回家了。

"你别生我的气。"他说，"我也知道，人总得活下去……"

米哈西卡觉得奇怪：

"你说什么？"

"人总得活下去。"萨什卡重复了一遍，蹙起额头。

"'人总得活下去'，这是什么意思？"米哈西卡又问。

萨什卡吞吞吐吐地说：

"哦……这是说……是说你妈妈在倒卖糖果。"

米哈西卡慢慢地从床上爬起。

"你要干什么，要干什么？"萨什卡被吓住了，"好啦，你这是何苦呀？"

"什么时候倒卖的？"米哈西卡问。

"有一天……我妈妈去了一趟市场，回来就说：米哈伊洛娃在倒卖糖果……"

米哈西卡的心跳得更响了，像是有人用小锤在大铁管上咚咚地敲。

"这么说来，她把我骗了？那天妈妈在点着昏暗小灯泡的走廊里摇晃了一下身子不是没有道理的，她当时是在撒谎，她一直都在撒谎……"

他跳起来，迅速地穿上衣服。得去商店，去找妈妈，应该去找到她，看她又说什么。

不过他也看见过那些糖果呀，难道是另外一批糖果？

萨什卡吓得赶紧去扯米哈西卡的衣服。可米哈西卡把对方推开了，心里在想："这就是说，她肯定是在倒卖？这就是说，萨什卡那次说的是实话？"

这时，门外咕咚一声响。也许是妈妈……真是太好了！真相马上就会水落石出了。

门吱扭一声开了，进来的是爸爸。爸爸回来了，他身披一块灰色的雨披。

"你们好呀，小伙子们！"爸爸兴高采烈地叫了一声，掀去身上的雨披。

雨披啪的一声掉在地上，像一只蝙蝠，掉到地上还扑棱了几下翅膀。

"你们好呀，小伙子们！"他又大声说了一遍，哈哈大笑，又把帽子扔在地板上。

米哈西卡以为爸爸可能是喝醉了，他好久没见过爸爸这副模样了。大概萨什卡也是这么想的，他侧着身子从爸爸身旁向门口走去，还向米哈西卡摆了摆手，脸上流露出一种歉疚的神色，然后离开了。

爸爸拾起雨披，在房间里走来走去找钉子挂雨披，竟没发现米哈西卡一边穿衣服，一边在皱眉头。

"又想往外跑？"爸爸大声喝道，"光想去逛大街，就坐不住！"说完，哈哈大笑起来。看来，他是真的喝醉了。

米哈西卡又想起妈妈那天的样子，她在走廊里摇晃了一下身子，面如土色，他当时还以为是灯光太暗的缘故呢。

米哈西卡把裤子系紧。屁股一直还很疼，疼得不敢走路，但他还是向门口走去。快走吧，快些走到商店，去看看妈妈，就盯着她的眼睛看！

"你又往外跑？"爸爸又喊道，"你给我站住！等一等，我给你看件东西……"

爸爸一步跨到房间中央，地板被皮靴踩得吱吱嘎嘎响。爸爸解开五星扣环皮带，只见钞票像从大口袋里向外倒一样，从军便服里纷纷往下飘落……

红票子、绿票子、蓝票子、黄票子……都是票子，一大堆票子。

"无聊！真无聊！周围的一切都无聊透顶！"米哈西卡心想。

他突然想睡觉了。他回到床前，开始脱裤子，哪儿也不想去了。

三十

米哈西卡一放学便上医院去了。他撩起衣服，让护士给他打针。这些针打得一次比一次疼。

也只有在打针和全身感到钻心疼痛的时候，米哈西卡的头脑才算清醒一些。

早上他去上学，坐在课堂上什么也听不进去。在家他望着打开的教科书，一遍又一遍地反复念那几行字，但脑子里只留下一些乌七八糟的东西。他做题也是马马虎虎，甚至连习题集后面的答案都不想看——他觉得已经无所谓了。

他遇见过萨瓦捷伊两三次。萨瓦捷伊向他走过来，说："行！你真行！"但米哈西卡只是匆匆看了看对方，便从一旁走了过去。

萨瓦捷伊没有追他，没去纠缠，只是在身后目送他远去，脸上掠过一丝讪笑。只要看到萨瓦捷伊这么笑，他的那些影子就离得远远的。

米哈西卡觉得自己成了像干豌豆荚一样干瘪的小老头。他身上的一切都收缩了，干瘪了。所有过去那些能引起他哈哈大笑的东西，现在丝毫也不觉得可笑了。同学们一到课间休息时间就跑呀，闹呀，他却待在一边，而且不管萨什卡·斯维里多夫怎样叫他，他都不过去和那些同学玩。所有发生在身边的事，他都觉得是遥远和虚假的，他根本不感兴趣，他认为丝毫不值得大惊小怪……

米哈西卡过去经常想到的秤，那台家庭生活磅秤抖动了一下，秤盘上的指针左右摆了摆，停在中间不动了。

现在是妈妈在笑，爸爸也在笑。往常像秋天恶劣天气的阴沉脸色如今不见了，仿佛一直就是这么乐呵呵的。

妈妈什么时候都打扮得漂漂亮亮，好像天天都在过节。一下班，她便换上那件带圆点的浅蓝色连衣裙，又变得像个小姑娘。

她仿佛卸去千斤重担，腰杆伸直了，脸颊绯红，蛮富态的。

米哈西卡彻底孤独了。

他很少看见妈妈，因为现在商店白天营业。晚上爸爸下班回家以后，她也就顾不上米哈西卡了，米哈西卡也不介入他们的谈话。

爸爸下班比过去晚了，经常要在厂里多耽搁一些时候，然后回家对妈妈说，他担任工长的那个车间想成为一个名副其实的斯达汉诺夫车间。提出这个建议的不是别人，而是他——米哈西卡的爸爸，他是在一次全车间大会上提出来的。为此，工厂还给他发了奖金。他把钱带回家，放在桌上，这些钱就这样一直摆在桌上。那天晚上，伊万诺夫娜外婆上他们家来了，爸爸告诉她说，他在厂里领到了奖金。后来左邻右舍都来了，爸爸让他们看了桌上的钱，然后像是顺便提到一样，说这是他在厂里领到的奖金。

他干吗要这样没完没了地说呢？而且让钱在桌上摆了这么长时间，也不收进五斗橱里，米哈西卡实在捉摸不透。以前卖土豆赚来的那一大堆钱，他马上就收起来，谁也不让看，可那是一大堆，不像这次这么少。

爸爸不再对妈妈撇嘴，不再骂人了。他俩无论谁一张口，对方很快就明白其意了。妈妈刚要说什么，爸爸已经在那里连连点头，表示同意。爸爸一张嘴，妈妈就已经在忙着抚摸他的头，亲他的嘴，说这些都不错。而米哈西卡对此却无动于衷。

米哈西卡曾多次盼望爸爸和妈妈之间有一种力量，让天平保持平衡，不再上下抖动，不再偏向哪一边。现在，终于做到了。可他却无所谓了，这一切跟他没有任何关系。你们爱怎么做，随你们的便。你们是你们，我是我。

有一次，米哈西卡放学回家，妈妈已经在家。也许那天是她的公休日。她给米哈西卡煎了个鸡蛋，蛋黄在上面，叫眼睛蛋。丽莎老问这是怎么回事，她无论如何也弄不明白：既然叫眼睛蛋，就得有眼睛。她觉得奇怪，那有眼睛的算是什么食品呢？

米哈西卡吃了煎蛋，坐下来做功课，可妈妈在他面前不停地走来走去……后来她干脆在他身边坐下来，摸了摸他的手，说道：

"米哈西克，很快事情就了结了。"

"什么了结？"

"我们很快就要攒够买房子的钱，我也就要回医院工作了。"

她望着米哈西卡，眼睛里充满了忧愁。要是以前，米哈西卡会很高兴，现在却不高兴，现在他只想发火。他沉吟一会儿，然后心不在焉地说：

"那又怎么样？这对我无所谓……"

妈妈听了，眼神马上变得冰冷起来。

"是啊，"米哈西卡想，"对我就是无所谓，让他们知道好了！"他又埋头到教科书里去了。

妈妈又坐了一会儿，而后一声不响地起身去涮锅。

米哈西卡愤恨到了极点，简直是到了切齿痛恨的地步。他甚至想……给爸爸和妈妈使个坏，让他们别再这么老是互相笑眯眯的，让他们别以为自己都是那么称心如意。

他把教科书扔进书包，决定不再做功课，于是上街去了。

晚上爸爸和妈妈去看戏。米哈西卡不知道该干些什么。他孑然一身在街上闲逛——萨什卡·斯维里多夫那里他是不想去了——回到家时，家里还是一个人也没有。

米哈西卡一个人坐在黑暗中，望着灰蒙蒙的窗外，满肚子的怨气。

他觉得自己在世界上是孤独的。他想起了战争岁月，那时候他还在念二年级，一次在习字课上得了个 2 分。尤利娅·尼古拉耶夫娜把 2 分记在记分册里，手都不抖一下。晚上妈妈下班回家，把米哈西卡狠狠骂了一顿。他生气了，决定离家出走。

那时候也像现在这样烦闷而孤寂，他想离家出走，但不知道去哪儿。最好是到前线去，到爸爸那里去，不过他担心到不了前线就会被抓回来。

萨什卡·斯维里多夫说过，车站上见小孩就抓。有一次，米哈西卡把一块面包装进兜里，离开家后爬上了一棵高高的杨树。他想在树上待一宿，一直待到第二天早上，就让妈妈满世界找去吧。不过待上一会儿就冻得受不了，因为他戴的是薄手套，当时又是冬天，再说他在光秃秃的杨树上，就像一只黑色的椋鸟。于是他打消了这个怪念头，爬下树回家去了……

现在他又想离开家，这次是真的。杨树是不能爬了，他自己也觉得好笑。他能上哪儿去呢？

爸爸已经把他当成局外人。他俩已经很久没有手拉手地走路了，所有那些往事仿佛都是昙花一现的幸福……

这些念头陪着他度过了多少痛苦的时光啊！米哈西卡每天都能见到伊万诺夫娜外婆、卡佳和丽莎，她们再也不用等有人从前方回来了，她们的痛苦将伴随着她们过完今生今世。他为爸爸能安然无恙地回来感到欣慰，因为不是每个人都能有这种福分；但是同时又深感惋惜，因为尽管爸爸从前方回来了，家里却蒙上一层阴影，反而变得更加糟糕。

战争时期他和妈妈等着爸爸的来信，只要一收到那些灰色的三角信件，他们就大吃大喝地庆祝一下，就好像是他们的节日。他们喝着面糊糊，把收音机开到最大音量，收听苏联新闻局的战报，然后唱"我们祖国多么辽阔广大……"，因为我们的部队在打胜仗，爸爸还活着，心里就感到格外舒畅。

如今呢，爸爸回来了，最初喜气洋洋的日子过去了，而生活却像是收缩了，变小了，灰暗一片。他们家里发生的一切，父母的全部努力，都是为了那幢有一间卧室、一间会客室，还有可以躺在上面讲故事的炉子的小楼……

不过那幢小楼现在却像一辆坦克，它爬呀，爬呀，爬呀，越爬越近，米哈西卡觉得它就要把他们一家人轧死了……

三十一

尤利娅·尼古拉耶夫娜曾说凡事都可以预见，米哈西卡觉得她说错了。他已经从无数次的经验中得出相反的结论：所有的事情都是在措手不及的情况下突然降临的，显然是为了考验你是否坚强，看你能否挺住，能不能做到面不改色心不跳，看你有多大的能耐应付过去。

事情是从伊万·阿列克谢耶维奇给了米哈西卡一个 2 分开始的。俄语课上，"美人鱼"也提问了米哈西卡，同样给了 2 分。这天有五节课，要照这样的速度下去，一天就可以拿到五个 2 分。米哈西卡千方百计要摆脱这样的厄运。课间休息时他拿了书包，都准备要逃学了，但在走廊里和尤利娅·尼古拉耶夫娜撞了个满怀。

"想逃学？"她责备地问道，还摇了摇头，"怕得第三个 2 分？"

"她已经知道了，"米哈西卡心想，"'美人鱼'告诉她了。"

他叹了口气，又回到教室。

虽说地理课老师在课堂上不时向他送去专注的目光，但他并没拿到那第三个 2 分。"大概是尤利娅·尼古拉耶夫娜关照过她了吧。"

但是，两个 2 分也已经足够了。尽管妈妈的笑并不合米哈西卡的心意，不过她爱怎么笑就怎么笑，随她去吧，只求千万别因为这两个 2 分大吵大闹就好了。她要吵起来那真是让人受不了。

妈妈没能看到那两个 2 分。

米哈西卡趁家里没人的时候，拿出刀片和橡皮，把两个 2 分都仔仔细细地刮掉了。点名册里随便记好了，完全没必要再往记分册里记。与他们什么相干呢？2 分的事我自己知道就行了，他们顾不上我。我忙我的，他们忙他们的。

这说起来还很顺口：我忙我的，他们忙他们的。

和昨天一样，他根本就没做功课，什么也不愿去多想，甚至连书也懒得看。

米哈西卡走出家门，爬上屋顶，到暖烘烘的屋顶上找到那个幽静的地方躺下。

他眼望天空，蓝天上飘着一艘艘军舰似的云彩。他仿佛听得见锚链在哗啦啦响，仿佛能看见海军上将站在旗舰的舰艏。海军上将长了个蒜头鼻子，他觉得长着蒜头鼻子的舰长应该是个好心肠的人。

米哈西卡往下面看了一眼，看见在用铁丝网围起来的一块地方，德国人快把一幢楼盖起来了。这是战后的第一幢新楼。板墙四角的塔楼上站着哨兵。米哈西卡心想：如果有哪个德国人要逃跑，他们会开枪吗？因为大家一眼便会认出那是个德国人……

军舰般的云彩还在蓝天上飘呀，飘呀……下边是德国人在盖楼。米哈西卡拿到两个2分，擦掉了它们，现在正躺在屋顶上。妈妈在什么地方倒卖糖果，爸爸在车间里走来走去。萨瓦捷伊现在可能正在掏谁的包，而那个两条腿都截去了的残疾军人在讨饭。可云彩在飘呀，飘呀，它们与德国人毫不相干，与米哈西卡和他的2分毫不相干，与爸爸和妈妈，与萨瓦捷伊和那个残疾军人也无关。

白云无声无息、宁静而平稳地在天空飘浮、打转儿。它们俯瞰大地，对大地上的一切丝毫也不感到新奇。对它们来说不都是一样吗？它们在忙它们自己的事……

米哈西卡听见从下面传来尖声尖气的声音。他跳起来，走到屋顶边上。妈妈站在下边的楼梯跟前。

"马上给我下来！"她喝道。

米哈西卡马上明白：又遇到麻烦了！

"浑蛋！"妈妈生气地说。

米哈西卡看见了她拿在手里的记分册。

"跟我走！"她用命令的口吻说，用力拉着米哈西卡的袖口。

"我自己走！你怎么，是警察？"他问，并向外挣脱自己的手。

"我叫你警察！"妈妈咬牙切齿地小声说。

米哈西卡都认不出她来了。她的嘴唇涂满口红。他讨厌被拽着袖口，好像他是个小偷似的。

"谎话篓子！"妈妈回到屋里喊着，用力捆了他一个耳光，"我碰见尤利娅·尼古拉耶夫娜了。"

米哈西卡摸摸脸。这边脸像那件长绒头上衣，火烧火燎的，另一边脸却冰凉凉的。手像冰溜，身体则像弗罗洛娃大婶的那个冰桶。

米哈西卡再次觉得很可笑。她要干什么呢？他想着妈妈，感到她变得自己都不敢认了，他们在打我的什么主意呀？我可是在忙我自己的事，他们在忙他们的事。

脸火辣辣的。米哈西卡还想，他这是第三次挨耳光，前两次是萨瓦捷伊，而这一次是自己的妈妈。"真可笑，"他想，"战争时期她没打过我，战争结束以后却……"

"你还笑哩！"妈妈喊道，并朝米哈西卡的另一边脸又抽了一巴掌。

他连眼睛都不眨一下，两眼死死地盯着妈妈，像是第一次看到她似的。

突然，他在妈妈身后看见了伊万诺夫娜外婆的脸。老太太把一杯水递给妈妈，妈妈大口大口地喝着水，米哈西卡听见牙齿碰杯子发出的丁丁声。

"居然欺骗父母了，"妈妈说，她慢慢地稳下神来，"欺骗……应该当个老实人，当个老实人！战争期间我教过你什么啦？教你要忠诚老实！做人要规规矩矩！"

她哭了。

"老实？"米哈西卡吃惊地反问道，像是没听清楚妈妈说了些什么，"你是说要老实？"

他脑子里过起电影来了，这是一部很糟糕的电影。电影里演的不是端着机枪的恰巴耶夫，而是爸爸在卖土豆，妈妈在倒卖糖果。五星扣环的皮带一解，一大堆钞票从衣服里面哗啦啦地掉了下来。电影里还演了鞋匠萨尔策的鞋。

又在撒谎！被看着眼睛还撒谎！

"那你们老实吗？"他喊起来，"你老实吗？"

他在想那两个擦掉了的 2 分……两个不知是怎么得来的 2 分，还有那一大堆钞票。

他看见了格子架上的那只灰色瓷猫，那是爸爸送的礼物，里面是钱。爸爸曾经笑着说："已经够买一大桶冰激凌了。"买一大桶倒谈不上，买十客是足够了。他跑到格子架跟前，一把抓过瓷猫，啪的一声用力往地上一摔。瓷猫被摔得粉碎，里面全是钞票。米哈西卡两手哆嗦着把钱捡起来，塞进衣服兜里。

出门时他回过身去，又一次看了看妈妈。她怅然若失地望着他，和十分钟前判若两人。

米哈西卡很想再说几句难听的话，算是对她那两个耳光、对她的那些吆喝和像个警察一样那么拉扯他的举动的报复。他想冲她大声嚷嚷，但喉咙里又痛又痒，他压低了声音对她说：

"你，老实吗？"

第三章 蓝色屋顶上的风

一

　　米哈西卡觉得自己被分成了两个部分，两条腿已经完全不听脑袋的支配了。这两条腿走呀，走呀，就像是别人的腿，就像是另外一个人在驱使它们。手臂、后背和心脏，米哈西卡全都感觉不到了，好像就不曾有过，好像一下子全都消失了。只有脑袋还在，还有这两条不听使唤的腿还在。

　　他不知道这两条腿要把他拖向何方。他在想一些乱七八糟的事，于是所有那些荒唐怪诞的念头全都在眼前转动起来，就像万花筒里面的那些翻来覆去的玻璃碴儿。

　　他不知怎么地想起了伊万·阿列克谢耶维奇。这位老师夹着他的黑皮包和被粉笔灰弄得很脏的三角板，脑袋又大又圆，模样儿怪可笑的。他曾说过："就是要让这些问号像虫子一样往脑子里钻，使你们永远也不得安生。"当时米哈西卡听了嘻嘻一笑，私下里却深为诧异："还有什么虫子要往我们的脑子里钻呢，干吗呀？"

　　后来他不知怎么又想起了那块土豆地，想起了他们在那里唱的那支歌：

　　　　你好，土豆乖乖——土豆乖乖——土豆乖乖，

　　　　我们向你磕头——磕头——磕头，

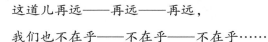

这道儿再远——再远——再远，

我们也不在乎——不在乎——不在乎……

米哈西卡当时刨出来一个大土豆，有碟子那么大，黄澄澄的，好像一个攥得紧紧的拳头，甚至攥得发白的手指都看得一清二楚。米哈西卡还想："这拳头里面攥的是什么呢，真有意思！"但是怎么想也想不出来。

现在那个拳头从记忆的深处浮现出来，就在眼前。"大概基克洛普（希腊神话中额头上只有一只眼睛的巨人）就有这么大的拳头。"米哈西卡心想。关于基克洛普的这种说法是在历史课上听来的。基克洛普是独眼巨人，模样既不像人，也不像兽。从前人们信奉他。不过，这是神话，其实根本不存在什么基克洛普。

米哈西卡试图去想妈妈，想她的那两个耳光，但也想不下去，他甚至现在也不去责怪她了。他有点儿无精打采地表示了他的惊奇，私下里还一再重复说："哼，好家伙……哼，好家伙……"

他说得相当有节奏，每走一步就来上这么一句："哼……好……家伙！"好像是有人在喊口令。

米哈西卡来到主街上，看见了前面的卡尔达科夫商店和几段残留下来的竖琴式铁栏杆，铁栏杆下面是那个盛冰激凌的大桶和卖冰激凌的弗罗洛娃大婶。

他想起了那两只狼狗和那条夹在两只狗中间的狭窄通道，脊背上立马起了鸡皮疙瘩。米哈西卡想拐到一边去，绕开弗罗洛娃大婶，但马上又觉得惭愧不已，因为弗罗洛娃大婶并不是狼狗，他怕过她一次，已经足够了。再说买冰激凌的钱是他自个儿的，也不是偷来抢来的。他想到了那只占去了大半个格子的讨厌瓷猫。它一直那么目不转睛地盯着他看，像个密探。不管他走到房间的哪个角落，它总是瞪大眼睛看他。现在它的碎片在地板上撒了一地。妈妈很可能已经把它们扔出去了。"那些5分、

4分真该死！"他拿定了主意，"我以后就要一些3分好了，因为不是4分、5分，爸爸就不会给钱了。"

弗罗洛娃大婶那里没有一个顾客。米哈西卡在考虑是不是先买上两客，去溜达一会儿，把它们吃掉，然后再回来买。他把买两客冰激凌的钱朝弗罗洛娃大婶递过去，在她用勺子舀那凉冰冰的圆疙瘩时，眼睛望着别处。太想喝水了，天气很热，可弗罗洛娃大婶却竖起了衣领子。"她是不是让冰激凌冻得发冷呢？"米哈西卡想。

弗罗洛娃递给他一客冰激凌，匆匆地看了他一眼，然后着手用勺子舀第二客。后来像是突然想起了什么，瞪大双眼看了米哈西卡一眼。

她和蔼地说：

"噢，你就是被我家狗咬的那个小孩？"

米哈西卡本想拔腿溜掉，但弗罗洛娃大婶把第二客拿在手里，还没交给他。

"挺勇敢……勇敢的一个孩子。"她晃着脑袋说，"这么勇敢的孩子我还是第一次碰到。而且你的父母也挺厉害。就说你爸爸吧，他一来就跟我大闹了一场，为你要去了五百卢布。"

"怎么回事？"米哈西卡莫名其妙。

"他说如果我不拿出五百卢布给孩子，就把我告到法院去。"

好像是有另外一个人来驱使，他的两条腿微微抖动起来。米哈西卡后退几步，然后转身跑掉。

"小孩儿！小孩儿！"弗罗洛娃大婶在后面追着叫他，"冰激凌！"

二

然而，米哈西卡现在已经不把冰激凌放在眼里。不错，第一客他边

跑边舔着吃。不过他这么做都是不自觉的，自己也不明白在干些什么。他五脏六腑火烧火燎，想用冰激凌来压压火，但却无济于事。于是米哈西卡把整客冰激凌都塞进嘴里，一口咽了下去。凉冰冰的一团东西掉进肚子里，又变得火烧火燎起来。

两条腿把他拖回了家，家里一个人也没有，妈妈不知上哪儿去了。米哈西卡跑到五斗橱前拉那个铁拉手。五斗橱锁着。于是他到屋角把爸爸的工具箱找了出来，拿出了一把斧子。

头、手臂、腿脚、肚皮和心脏，所有这些现在终于都各就各位，又成他自己的了。米哈西卡发现，每到关键时刻，他总是能冷静下来。

他将蓝幽幽的斧刃插进抽屉和橱顶之间的夹缝里，用尽全力朝斧柄压上去。五斗橱嘎的一声响，抽屉懒洋洋地滑了出来。

里面是钱。妈妈对爸爸说过，钱应该存入银行，但爸爸总是一笑，连连摇头说，钱还是藏在五斗橱里更保险。总还是住在四层楼上嘛，小偷想爬窗户进去是不可能的，而且他还在门上安了一把英国锁，这种锁别的钥匙都打不开。

米哈西卡拉出抽屉，看见了钱。这些钱被装在信封里，里面有好几个贴着邮票的蓝信封。他取出一个信封，数出五百卢布。斧子就这样留在撬开的五斗橱跟前。

然后米哈西卡关好门，就到伊万诺夫娜外婆家去了。

老人不在家，丽莎和卡佳坐在凳子上望着窗外。

"咱们走吧！"米哈西卡对她俩说。

她俩老老实实站起来，跟他走了。

路上他们拐了个弯，叫上了萨什卡·斯维里多夫。

萨什卡与姑娘们试图和米哈西卡说话，但米哈西卡只是诡谲地笑笑，什么也不说，一直快走到弗罗洛娃大婶跟前时才说：

"我今天过生日，我请你们吃冰激凌。"

萨什卡向米哈西卡伸出手去，他下意识地握了握这只手。

弗罗洛娃大婶又看见了米哈西卡，她看上去似乎还很高兴。

"瞧，"她说，"到底还是又来了嘛！"

说完，开始舀冰激凌。

米哈西卡突然想起，就在他朝那两只狼狗往下跳的时候，狗叫了起来，好像还听到了一种哼哼声。他原来以为是听差了，现在弄清楚了，还真是那么回事。萨什卡很早以前就说过，弗罗洛娃大婶之所以卖冰激凌，是因为可以到奶厂去弄些脱脂乳，她养小猪，所以很需要脱脂乳。那次就是小猪崽儿在哼哼。

弗罗洛娃大婶舀够一定数量的冰激凌。用那个洋铁皮杯子量出一客，交给米哈西卡说：

"你不要再跑了，要不就没你的冰激凌吃了。"

"不会的，"米哈西卡乐呵呵地说，交给她五百卢布，"给我们冰激凌吧，这些钱都给你。"

弗罗洛娃大婶瞪大双眼，连连摆着戴白套袖的手，说：

"你怎么啦？你爸爸如果知道是我告诉了你，他会来大吵大闹的。"

"您凭什么不卖给我？"米哈西卡恶狠狠地说，"我是来买您的冰激凌。快卖吧！"

卡佳拉拉米哈西卡的手，他回转身去，她正瞪大眼睛看着他。

"米哈西克，米哈西克，你在干什么呀？"卡佳说。

萨什卡张着大嘴站在那儿。

丽莎像看疯子似的盯着他。

"你们不用害怕！总共才二十五客！不……三十五客。"

他又给了弗罗洛娃大婶一些钱，是从瓷猫里拿出来的那部分。

"这些是爸爸给我的！"他说，同时感到纳闷，他怎么能一张口就撒下弥天大谎？"是她，"他朝弗罗洛娃大婶点点头，"为我付给我爸爸的钱。因为他们家的狗咬了我。"

弗罗洛娃大婶笑眯眯地向孩子们点了点头。

"您不用担心，"米哈西卡对她说，"这不关您的事！"

弗罗洛娃大婶数了数钱，开始舀冰激凌。

他们一开始每人拿两客，再多就拿不了了。于是萨什卡摘下帽子，弗罗洛娃大婶给他塞了满满一帽子。

他们拿着冰激凌来到小公园，在长凳上坐下。吃下五客之后，丽莎伸出白白的舌头，说再也不要了。米哈西卡无论怎样劝她，丽莎也不要了，最后干脆坐到另一条长凳上去，好看不见他们吃。

卡佳吃第八客的时候就不行了，第九客她是勉强吃下去的。现在只剩下萨什卡和米哈西卡还在吃。

冰激凌开始融化，只好加紧快吃。米哈西卡大口大口地往下咽，要扔掉这么好吃的东西实在太可惜！萨什卡也不甘落后。

丽莎坐在邻近的一条长凳上，开始悄悄地打嗝儿，卡佳笑她，忙用手去捂她的嘴。

"吃完了！"萨什卡哑着嗓子说，随后干咳了几声清清嗓子，"都吃完了。"他把话重复了一遍，声音又变得有些喑哑了。

他们回家。

一阵热风迎着他们吹来，风里裹着尘土，摇动树枝，吹拂面颊……

米哈西卡的脸不再像先前那样发烫了。他一边走着，一边冲着风，冲着从上面飘过的云彩和蓝屋顶的白房子笑。屋顶无疑不是蓝的，而是红的、绿的、红棕色的，还有灰不溜秋的。

米哈西卡望着在大路上投下紫色阴影的蓝屋顶的白房子，肚子里冰凉冰冰的。

<h1 align="center">三</h1>

斧子现在还放在老地方，磨得光光的斧刃还在那里闪闪发亮。五斗橱上了锁，看不出任何被撬过的痕迹。

"啊，终于回来了！"爸爸和颜悦色地说，仔细地看了米哈西卡一眼。

妈妈站在炉旁，将手绢揉成一团。

爸爸尽管不动声色地坐在那里，但他那双灰色的眼睛闪闪放光。他只要一生气，眼睛总是光闪闪的。

"哼，好家伙！"他一字一腔地说，"哼，好家伙！擦掉了 2 分，砸碎了瓷猫，撬了五斗橱，偷走了钱……"

爸爸慢悠悠地站起来。

偷走了……这多骇人听闻呀！米哈西卡想象着爸爸为他臀部被狗咬，去找弗罗洛娃大婶理赔的情景。"只要给大价钱，他大概连我也会出卖。"米哈西卡很难过。

"我吃掉了您那五百卢布！"他恶狠狠地说，"吃掉了，不是偷。"

"我都要报警了，"爸爸不听米哈西卡说，继续说道，"我以为是小偷干的，可原来是自家的儿子。我们都是为了他，他却反过来偷我们的钱。"

爸爸说这些话时虽然心平气和，但那种和气劲儿不是由衷的。米哈西卡能听见他的声音在瑟瑟发抖。他不慌不忙地走到米哈西卡跟前，伸出手来。和萨瓦捷伊一样，眼看就要打嘴巴了。米哈西卡眯起了眼睛。可爸爸又把手放下了。

"维克托！"妈妈大声喊道。这时爸爸的手一哆嗦，趁势抚摸了一下米哈西卡的头，结果弄得很尴尬。

米哈西卡叹了口气。

爸爸走到五斗橱跟前，一只手插进蓬乱的头发，胳膊肘撑在上面站了一会儿，一句话也不说。

"够了，米哈西克！"他转过身，突然说道，"我们来严肃认真地谈谈吧，你已经是大人了。我看你比我还明白。"

他在房间里踱了一圈儿。

"是不是我不讨你喜欢，也许是我就不应该安然无恙地活着从前线回来吧？"

米哈西卡撇了一下嘴。莫非爸爸真的想和自己严肃认真地谈话吗？像大人对大人那么谈？那好呀，他就可以对爸爸说：不，爸爸完全说错了。爸爸从前方回到家里，有哪个孩子不高兴？只是不知道为什么爸爸一回到家里却郁郁寡欢？他被狗咬了，为什么爸爸要去讹诈别人？爸爸就是揍他一顿也可以，但不能到弗罗洛娃大婶家里去丢人现眼。为什么妈妈要到商店去当售货员？爸爸为什么要像个投机商那样到很远的地方去做买卖？

他想把这些都统统说出来，想一口气吐出来。可自己也没料到他只说了两个字：

"是的。"

他自己也说不清为什么会说出这两个字，几乎是脱口而出。话一说出来就收不回去了。

"原来如此……"爸爸沉着脸说。

"不！不！"米哈西卡脸涨得通红。

唉，他要能把这些都解释透，好好地说一说就好了。最好是能突然一下子出现奇迹，在眨眼的工夫里他长成个身材魁伟的大人。然后他们三个人——爸爸、妈妈、他——围着桌子坐下来，他想好好地和他们说道说道。他要说："这你们有什么不明白的，你们还有什么地方不清楚呀？"

或者倒过来也行。不是米哈西卡长成大人，而是爸爸像他一样是小孩子，像萨什卡·斯维里多夫一样的小孩，他们也许会明白这些的。

但在今天这种情况下怎么办好呢？去对谁解释呀？怎么说呢？

这事要是发生在学校，肯定一下子都满城风雨了。当然喽，尤利娅·尼古拉耶夫娜一定会过来说："你们怎么啦，好好考虑考虑吧！"于是也就没事了，大家也都明白了。可这不是学校，这是家，一家人住在与外界隔绝的小天地里，门上还安了一把英国锁。

"这么说，我不该从前方回来？"爸爸又问了一遍，然后开始穿衣服。

"你这是要去哪儿？"妈妈小声地问。

"去哪儿？"爸爸笑着说，"我要走。你没看见？我在这儿是个多余的人。"

"等一等，"妈妈说，"够了，维克托！别开玩笑了。这本来就够难受的了。"

她抓起爸爸的手，但他挣脱出去，砰的一声把门带上了。

妈妈在房间里走了一圈，米哈西卡看见她在默默地流泪。他想对她说些什么，但想起了今天挨的那两个嘴巴，也就不吭声了。

她在房间里踱来踱去，把鞋拖得沙沙响。米哈西卡看见她心情如此沉重，突然觉得，是他该从家里出去，出去很长很长时间，说不定就是永远也不回来。不，也许永远不回来是不可能的，至少要出去很长很长时间……等他们把房子盖起来，就会没事了，生活也会重新走上正轨。到那时候他再回家，然后他们像什么事也没发生过一样重新开始生活。他现在就是要跳过这个坎儿。等他跳过去之后，他们再往前走。

这真是瞎胡闹，是糊涂透顶的瞎胡闹，米哈西卡心里也明白，这都是些荒唐透顶的胡思乱想。生活中的任何东西都不能跨越，不能回避，不能视而不见；只能接受或者不接受，只能爱或者恨，跨越、回避、视而不见，统统都做不到。

　　妈妈裹上头巾，仍旧在房间里走来走去。"她为什么不冲我嚷嚷呢？"米哈西卡心想，"为什么不揍我？白天她可是打过我嘴巴啊！为什么她不跟着爸爸一起走？"

　　突然，妈妈站住了。

　　"你吃了冰激凌？"妈妈问。

　　米哈西卡点点头。

　　"把所有的钱都吃光了？"

　　米哈西卡又点了点头。

　　"真是个疯子，"妈妈说，"这可是要得病的。"

　　得病？这可是个好主意，太好了！应该得病，得一场重病，比如伤寒，病重得失去知觉。不过就是害了伤寒也得跨越这道深涧。

　　米哈西卡正胡思乱想着，门砰的一声开了，爸爸满脸惨白地进屋来。他身后是谢多夫那张白得没有一点儿血色的大圆脸。

　　"萨尔策被逮起来了！"爸爸说。

　　说完，他扑通一声坐在椅子上。坐了一会儿，抽完一支烟，又和谢多夫走了。直到深夜爸爸才回家，喝得醉醺醺的。他看都不看米哈西卡一眼。

　　米哈西卡夜里做了个梦。梦见头戴钢盔的法西斯匪徒正在举枪向一颗星星射击。只是那颗星不是金色的，而是红色的，血一样殷红。

　　法西斯匪徒想把它击落下来，瞄准好一枪一枪地打出去：啪！啪！啪！

可那颗星到底也没被击落下来。

四

"谁呀，该死的？"爸爸半睡不醒地哑着嗓子问。米哈西卡马上睁开眼睛。"星期天也不让人睡个懒觉！"

有人敲门：砰！砰！砰！

爸爸光着脚吧唧吧唧走到门边，咔嚓一声打开英国锁。有人迈过了门槛，先是喘着粗气，后来传来哭声。米哈西卡穿好裤子，也来到门口。

伊万诺夫娜外婆靠着门框，就在门口站着。她那双有如用血管和韧带编结而成的手紧贴衣服垂下，头抖动得更厉害，简直是在摇晃。她想控制住自己，说上几句话，但说不出来，只是在继续甩头和抹眼泪。

米哈西卡很可怜她，给老人送过去一条小板凳，可她除了眼睁睁地望着爸爸，直视他的眼睛，好像什么也没看见。

"什么事？你倒是快说呀！"爸爸不安地问。

伊万诺夫娜外婆点点头，仿佛想证实还没说出来的话。爸爸迫不及待地问：

"进去了？"

老太太又点了点头，只听见爸爸从牙缝里迸出一句骂人的话。他还从来没有过这种情况。

"你听见了吗？"他转过身去问妈妈。

妈妈站起来，一双惊惶的眼睛望着伊万诺夫娜外婆。

"维克托·彼得罗维奇，你救救她吧！我以基督的名义求你啦，我们一同上警察局去一趟吧！"老太太哀求道。

"我到警察局去说什么？"爸爸恶狠狠地问道，然后用手提了提裤

衩。他只穿着裤衩和一件浅蓝色背心站在那里。

"怎么能这样呢？！怎么能这样呢，维克托·彼得罗维奇！卡佳可是去卖你们家的糖果啊！都是因为你们她才被抓走的！"

伊万诺夫娜外婆说这句话时带有一种惊愕的神态，她那意思好像是说，莫非爸爸能把这事也忘了？

米哈西卡一阵战栗。上一年级的时候，他不知为什么要往墙上钉一颗钉子，旁边就是一根电线，结果触了电线。电线老化了，显然是带电的。米哈西卡当时身上猛一抖，就从凳子上摔下来，出了一身冷汗，好久都处于昏迷状态。

这时他像是又触到了裸露的电线。

昨天他还和卡佳一同吃冰激凌，今天她却被抓到警察局去了。她什么时候被抓走的？哦，对喽，六点钟以后才开始赶集。

"怎么能这样呢？怎么能这样呀？！"

伊万诺夫娜外婆一会儿看看爸爸，一会儿看看妈妈，那样子像是被他们出卖了。

"韦罗奇卡（妈妈薇拉的小名）！"她对妈妈说，"你干吗不说话呀？要知道这可都是为了米哈西卡才落到这步田地。还记得吗？当时你好难为情啊！还记得你们是怎么劝卡佳的吗？我当时也没反对……没反对……你们给的也不少，我不抱怨。可现在，现在呢？"

米哈西卡想，他像是就没睡过似的。今天只不过是昨天的继续，是前天的继续，是大前天的继续。这是漫长的一天。他觉得在这漫长的一天里实在是太累了，一点儿气力也没有了。这一天快到头了吗？是不是很快就到头了，可以躺下来安安稳稳地睡个够呢？身边一个人也没有，世界上就你一个人……

米哈西卡叹了口气，看了爸爸一眼。米哈西卡大概是从那天在院子里看见爸爸穿一件浅蓝色的背心以后，第一次那么仔细地看了他一眼。他那双灰色的眼睛不再像两颗闪亮的星星了。这双眼睛甚至也不是灰色的，而是一双昏沉沉的眼睛，而且有一只眼皮还在抖动，哆嗦得很厉害。

爸爸的两条腿汗毛很重，上面还布满了小丘疹，像鸡皮一样，疙疙瘩瘩的。

他原来就是这种人！这种人还是侦察兵呢！

"屋漏偏遭连夜雨，倒霉透了。"爸爸嘟囔着。

伊万诺夫娜外婆不再吭声，再也不说话了，只见泪水在她那深深的皱纹里流淌。

爸爸想对老太太说些什么，但发现米哈西卡在看他，便不说了。

"好，好，外婆！"他眨巴着一边的眼皮说，"咱们马上来想办法。"说完，还笑了笑，"不过你得先让我把裤子穿上呀。"

老太太叹了口气，出去了。

米哈西卡想起昨天妈妈冲他嚷嚷："做人要老实！"不由得把嘴一撇，他真恶心透了。

唉，他们老是撒谎，都没一句真话……他们还要撒到何年何月呢？我的爸爸和妈妈……

米哈西卡发现事情就是这么奇怪。当萨什卡骂他是投机倒把分子，说他妈妈在集市上倒卖糖果时，他简直受不了。他甚至控制不住自己，揍了萨什卡。后来听说爸爸因为他屁股被狗咬而去讹了人家五百卢布时，他也是气疯了，真想大哭一场。

今天可不是这样。他刚刚知道了事情的全部真相，知道是父母在对他撒谎，应该说这是件可怕的事，可奇怪的是他今天毫不吃惊、生气，他似乎对什么都不在乎了。

也许是估计到这事一定会发生？按照尤利娅·尼古拉耶夫娜的说法，

他是预感到了？米哈西卡笑了，爸爸和妈妈莫名其妙地看了他一眼。他一定是预感到了！像地震或者下冰雹那样。冰雹从头顶上砸来。这次呢？也是从头顶砸下来？就这样突然地砸下来？

突然地砸下来……而且不管是爸爸，还是妈妈，还是他米哈西卡，都没有任何过错。要是不打仗，这段时间早就盖了不少楼。白色的楼，粉红色的楼，还有浅蓝色的楼。如果整条街都是高楼大厦，爸爸就没有必要去攒钱盖自己的小楼了。他们完全可以在那亮堂而宽敞、镶木地板、像奶油一样黄灿灿的住宅里舒舒服服过日子了。

这应该是战争的罪过。

是希特勒的罪过！

米哈西卡觉得妈妈不时向他投来目光，像是对他有所期待。他们都已经穿好衣服，炉上的茶水开了，爸爸不时地在空杯子里搅动勺子。马上要用早点了。

爸爸直勾勾地望着杯子。他的两只手哆嗦不止。米哈西卡听说过这样的说法：一个人要是偷了鸡，他的手就会发抖。

这都是萨什卡式的胡编乱造。怎么，难道爸爸偷鸡了？

这当然全都是希特勒的罪过。他，再加上战争，都是罪魁祸首。爸爸有一次说过："战争能把一切冲销掉。"

把一切冲销掉。

尤利娅·尼古拉耶夫娜在夏令营里说过：

"难道可以原谅战争吗？难道可以忘了它？难道可以把你们父兄的死难一笔勾销？卓娅·科斯莫杰米扬斯卡娅难道你们能忘了？奥列格·科歇沃伊难道能忘了？亚历山大·马特洛索夫难道能忘了？"

当然不能忘！提出这样的问题简直是太可笑！这些人死了，要忘掉他们……这是永远也办不到的事！

不过这种情况在战时简单得多，人们在前方奋力拼搏，流血牺牲，一切都清清楚楚。可眼下呢，妈妈到商店去当售货员，叫卡佳为他们拿糖果去做投机买卖。爸爸去卖土豆，以儿子屁股被狗咬为由向人家讹诈钱财，这像是把米哈西卡都出卖了。还有就是说瞎话，难道说瞎话也是战争的错？

　　米哈西卡向热茶吹气，透过从杯子里向外冒的热气往墙上看，他觉得墙在晃动。

　　爸爸像是听到了他的心声。

　　"怎么办呢？"爸爸若有所思地说，一边的眼皮一直在跳动。

　　"到警察局去！"妈妈小声地回答。

　　"你疯啦？"爸爸脱口而出。

　　米哈西卡看着杯子。哎呀，墙晃动起来了！眼看着——啪——整个洁净的天空已经在你眼前，还有屋顶，一阵凉风吹过来。

　　"根据刑法条款，你会被抓去坐牢的！"爸爸喊道。

　　妈妈在扯头巾，闷着不吭声。她没什么话对爸爸说。瞧，这天平重又震颤了一下，指针在抖动，到底谁能压下去呢？

　　妈妈不说话。

　　爸爸站起身，向五斗橱走去。钥匙在锁里咔嚓咔嚓地响，而后是一阵簌簌的点钞票的声音。

　　"不要紧！"爸爸说，"会放出来的。我去给老太婆送五百卢布。卡佳只要承认是她干的，就会放出来。她还是小孩子嘛。"

　　米哈西卡望着妈妈，她弯着腰，身体收缩成团，在自己的那杯茶面前干枯。米哈西卡又望着爸爸，爸爸的两只手在发抖，像是偷了鸡似的。

　　"胆小鬼！"米哈西卡从容地说，从容得都有些过分。

　　"叛徒！"他说，眼巴巴地看着爸爸和妈妈在慢慢地变小，亲眼看着他们就这么缩小下去。

他还想说，但嗓子太干了，嗓子眼里只是在呼哧呼哧地响……他喘不过气来了，不过最后还是挤出来这么一句："还配当侦察兵吗？"

五

米哈西卡从屋里来到院子里，他像一具僵尸似的迈动着双脚，脑子里还在想着心事，脸一下子碰着件湿漉漉的东西。他哆嗦了一下，原来是绳子上晾晒的衣服。

米哈西卡站了一会儿，琢磨了一阵，然后从绳子上拿下他那条湿裤子和一件上衣走出院子。现在他躺在河边，等着天黑下来。太阳火辣辣的，像烫得烤人的炉子。河面像一尾闪着鳞片的银白色大鱼。等风静息下来，鳞片就消失了。

松树高耸入云，宛如一杆杆尖头长矛。

米哈西卡仰面朝天躺着，望着这些绿色"长矛"在头顶上摇晃。黄沙像一道道山脊向水面伸延开去，另一头却升起来，直抵长满松树的陡岸。

春汛时沙滩被淹没了，水位升到松树根脚下，然后再慢慢下降，水退去后留下来一级级沙阶。

沙嘴在波光粼粼的水中显露出来。它伸进去很远，仿佛要把河流截断，但它始终未能如愿。沙嘴伸进去二三十米的距离，遇到湍流拐了个弯，形状很像古代的弓，最后干脆不见了。左右两边都是很深的水域。

河水有一股松脂和鱼的气味。河中央漂着一艘船，船上有很多人。他们在唱歌，但米哈西卡听不清他们在唱些什么。

米哈西卡有一种奇特的不可名状的轻松感。他心里明白，这种情况下应该难过才对，至少也得难过一阵子，最好是哭上几声。因为他这是离家出走，永远出走。他的出走并不是因为一时之愤，而是经过了深思熟虑。

这次出走不像二年级那次。他对这次出走是持谨慎态度的，这一走就再也不回来了。

他不能继续留在家里。

这样想着想着，米哈西卡竟睡着了。

六

不知过了多久，米哈西卡睁开眼睛，他望了一眼天空，太阳已经落到树梢上，活像一个很大的圆球落在一个蓝莹莹的足球场上。球是橙黄色的，像个很大的橙子。米哈西卡只在小人书里见过橙子，那上面的橙子画得都很漂亮，颜色也很鲜艳。

米哈西卡坐起来，一直等到河对岸那家工厂的烟囱把"橙子"切成两半时，他也记不起自己是什么时候睡着的。他手里攥着一大把小石子，洁净而透明的小石子，如同上次在小河边捡到的那些一模一样。啊哈，这就是说，他在睡着之前还捡过这些小石子……

得赶紧上路了。

他在河滩上找了一个显眼的地方，把从家里穿出来的衣裤整整齐齐地摆放好，再从树丛里取出备用的一套衣服。

米哈西卡穿戴停当，登上了陡峭的河岸。岸上一棵细高细高的松树像根蜡烛，摇晃着它那绿色梢顶，就像是在责备他，米哈西卡觉得它酷似尤利娅·尼古拉耶夫娜。

他四下环顾了一眼，看了看空寂的河岸、河对岸楼房的蓝色屋顶和夕阳下浓茶一般黄澄澄的河水，心里想，现在什么都完了，退路没有了，也不可能有了。

米哈西卡记得，还是在念四年级的时候，尤利娅·尼古拉耶夫娜有一次在算术课上突然给他们讲起了尤利·恺撒，还讲了他率领军队强渡卢比孔河的故事。尤利娅·尼古拉耶夫娜在算术课上讲起与算术毫无关系的话题，大家都习以为常，因为她常这样。大家甚至还发现，这样解起算术题来就容易多了。从那时起，班上的同学都爱这么说："萨什卡不费吹灰之力渡过了卢比孔河。"就是说，萨什卡很容易就把题解了。要是有同学上前去改正2分，全体同学都会小声地冲他嚷嚷："使把劲儿，渡过卢比孔河！"平时测验大家也都叫卢比孔河，于是他们全体同学，凡有这个能力的，都在强渡卢比孔河。

米哈西卡想，和眼前这条卢比孔河比起来，那些大大小小的平时测验都是小巫见大巫了。

他想象自己穿着铠甲，戴上插有翎毛的头盔，当然还佩带着剑的模样。他折下一根树枝，捋去绿叶，结果就成了一把利剑。他又看了一眼放在河边的裤子和衬衫，然后顺着一条蜿蜒的小径走着。小径通向一条大路。

他离开了小河与城市，虽说内心深处也有一丝儿隐隐约约的不安，但走起路来还是轻松多了。米哈西卡只要想起爸爸、妈妈，心口马上就会一阵阵发紧，嘴里觉得苦涩，就像是刚刚嚼过稠李树叶一样，这时他就会尽量去想一些别的事……

他现在走的那条大路并不太宽，两边松树林立，要想错车都不是那么容易。松软的泥土不断从光脚趾间冒出来。皮鞋留在河岸上了，就放在裤子和衬衫的下面。所有的东西都在，别人也就找不到什么疑点了。

米哈西卡对这一带很熟悉。去年他们少先队大队远足旅行到过这一带。这条大路通往编组站，到那里也就只有十五公里的路程。

米哈西卡打算到那里去搭一列货车，然后到斯大林格勒去。他还记得前些日子在大街上所见到的情景：投机倒把商贩们为逃避搜捕向街的一边跑，一些满载斯大林格勒建设者的卡车从另一边通过。此情此景一直留在他的脑海里，使他不得安宁。

到了斯大林格勒以后，无疑会找不到工作，但是可以上技工学校……唉，应该带上出生证啊！

不过这都是以后的事了。对以后才会发生的事，和已经发生的事一样，他不愿再去想。

米哈西卡边走边四下观察，有时候还钻进树林里。在一片绿茵茵的青苔上，在尖叶草丛中，可以碰到一些红菇。米哈西卡剥去蘑菇伞上的红皮，嚼了起来。蘑菇很面，有些难以下咽。他只好费好大劲儿摘来黑果越橘，就着蘑菇吃。他碰到了一丛没人光顾过的茶藨子灌木林，上面挂着一嘟噜一嘟噜乌黑的浆果，于是他便在灌木丛一旁的草地上坐下来。这些茶藨子大概很像葡萄，因为尤利娅·尼古拉耶夫娜给他们讲过，葡萄也是一嘟噜一嘟噜的。一直到把所有的浆果都采尽吃光，他才离去。米哈西卡还从来没吃过葡萄。他合上眼睛，想象是在吃葡萄，但结果却是更想吃面包。

他想到他们昨天还在小公园里吃冰激凌，暗自思忖：如果冰激凌不化，那该有多好。他一定会带它上路，现在就可以从从容容地享用它。

天慢慢地暗下来，米哈西卡不敢离开大路去钻树林了。路上一辆车也没有，只有他孤零零一个人。

四周的松树在晃动，仿佛跳圈舞的人们拉起了手，合着节拍晃动脑袋，在围着米哈西卡跑来跑去。而在这圆圈的中心就只有他一个人，大家都在目不转睛地盯着他。米哈西卡觉得好像有人躲在路边的灌木丛里

窥视他，他甚至还看见那个窥视他的人慢慢抬起了头。米哈西卡停下脚步，连大气都不敢出——其实"那个人"是一棵迎风摇曳的松树。

米哈西卡踟蹰着向前走去，心里恐惧不已，他决定分分心。这种办法经常见效。

天还没黑下来的时候，他为了摆脱那些对家里的种种不愉快的念头，就去想树林。而现在，树林却让他心惊胆寒，他想回到人们中间去，他想回家。

家里现在大概正在四处寻找他哩。妈妈肯定会跑到伊万诺夫娜外婆和萨什卡·斯维里多夫的家里去，问他们是否知道米哈西卡的下落。

米哈西卡又责怪了自己一通，不许再去想家。为了忘掉这可怕的树林，他把该想到的都逐个想了一遍：想到了丽莎和卡佳，想到了学校，想到了萨瓦捷伊和萨什卡，最后突然想到了夏令营。

那是在二年级的假期。那时我们的人已经开始狠狠打击法西斯强盗，在夏令营里同学们争论不休，大家对秋前能否结束战争都莫衷一是。

只有萨什卡·斯维里多夫一人不参与争论，他是新来的，不知道是从什么地方来的。

萨什卡那时候很瘦弱，肩胛骨都看得一清二楚，米哈西卡总觉得那很像螺旋桨。他的肋骨如果用铁勺子去刮，很可能拨出曲子来。一顶开线的小圆帽像一个大盘子在他头上直晃荡，一会儿滑向左，一会儿滑向右，有些滑稽。

米哈西卡打心底里可怜这个孩子。他在心里叫萨什卡骷髅，但不敢叫出声，因为这样的绰号很快就会传开，萨什卡的绰号本来就已经够多的了。

他们来到夏令营的第二天，米哈西卡就发现萨什卡有个对孩子来说可怕而又令人诧异的毛病……大家都拿他来取笑。就是米哈西卡也不能原谅他这个毛病，都已经是二年级学生了，还有这样的毛病确实是叫人有些难为情。

每天早上，萨什卡的床上都有一摊尿，他起床时都不敢抬眼看人。女辅导员骂骂咧咧地将湿漉漉的褥子扛上肩，把它拿去晾在最显眼的地方——集合列队操场对面的栅栏上。

萨什卡脸色苍白地走来走去，只要有人叫他，他总要惊惶地回过头去张望，全身颤抖不止，像是偷了东西，而且他总是一个人孤零零的。要是有人向他靠近，他便跑掉。这当然是明摆着的事，因为那些向他走去的人都是为了去说他的毛病。

孩子们踢球，萨什卡却坐在远远的草地上看热闹。有一次，米哈西卡可怜他，故意一瘸一拐地跑到他跟前说：

"替我玩玩吧，我的脚出了毛病……"

不过萨什卡心里大概也明白，这是米哈西卡可怜他，他拒绝了，走开采野菊花去了。

他们就这样在夏令营里度过了一天又一天，没人注意到萨什卡，除非是想起他尿床的事，那也只是为了博得大家哈哈大笑。

有一次，女辅导员告诉他们，明天将有日食，如果想看，就得先点着蜡烛把玻璃片熏黑。萨什卡没听说要把玻璃片熏黑的事，当时他正和往常一样一个人在别的地方瞎溜达。他回来以后，米哈西卡告诉他明早将有日食。

那天晚上萨什卡睡得最晚。他和衣坐在床上，心情极度不安地望着夜空。女辅导员来了，说他这是违反纪律，还说他本来就让她烦透了。萨什卡听了也不脱衣服就钻进被窝。女辅导员瞪圆了双眼，冲他嚷嚷起来。那个辅导员本来就有些神经质，但萨什卡当时也让大家吃惊不浅。他从床上跳起，惊讶地问道：

"怎么，可以脱光吗？"

女辅导员耸耸肩，砰的一声关上门，走了。

早上，米哈西卡醒来时，看见萨什卡·斯维里多夫睁眼躺在床上，好像在等什么。

"你怎么啦？"米哈西卡问他，望了一眼他的床。

今天的床是干的。

"没什么……"

同学们都醒了，一个个光脚跑到走廊，伸懒腰，打哈欠……

萨什卡突然拄着胳膊肘半抬起身子，大声喊道：

"为什么窗帘没拉上？"

同学们都笑了。

"不，我是说真的。因为今天是灯火管制呀。莫非你们不知道？应该拉上窗帘。"

米哈西卡原想同学们又会笑他，但房间里鸦雀无声。因为大家都知道他说的是什么样的灯火管制。

"萨什卡，"米哈西卡说，"要知道这不是打仗啊。不是灯火管制，而是日食（俄文中"灯火管制"затемнение 和 "日食"затмение 只差两个字母）。日食，就是月球把太阳遮住，知道吗？你难道不知道？"

萨什卡明白了，他低着头，等待着同学们的嘲笑。但大家都默不作声。萨什卡抬起头来看了大家一眼。米哈西卡觉得他不是在看他们，而是看得更远，看到了他们从未见过、也不知道的东西，而这些东西他见过，也知道。

过了很久，萨什卡说：

"我们住在列宁格勒的时候，当时处在围困时期，只要一宣布灯火管制，所有的窗户都要用长条粗地毯挡上。"

后来，米哈西卡发现萨什卡还真的是几乎不会踢足球。但有一次和邻近一个夏令营比赛的过程中，萨什卡却还破天荒地踢了五六下球。

秋天，萨什卡来到了米哈西卡他们班。

七

米哈西卡似乎觉得他在想萨什卡，在回忆他们的相识过程，其实不是，他其实是在想家。

他想：一开始大家都在取笑萨什卡，笑得丝毫不留情面，因为这简直是不可思议的事——这么一个大小伙子，居然……但后来大家一下子都不再笑话他了。同学们忽然明白过来，拿这种事去笑话别人是不应该的。这与萨什卡毫无关系，他毫无过错。因为这种情况是由于一种很重要的因素造成的，那就是围困、战争。

生活本身是充满奥秘的啊！米哈西卡原来认为世界上最复杂的是钟表。战争期间，有一次妈妈不在家，他从五斗橱里掏出爸爸的那块外观像大头菜的表，打开后盖。一开始里面没有一丝儿声响。后来米哈西卡拧了几下那个小葱头一样的小圆疙瘩，里面的机件马上运转起来，走得很快。米哈西卡一直想把这块表里面的结构弄个明白，为什么它们能运转，但一直没有解开这个谜，于是他得出结论：世界上就数钟表最复杂。

那时候他还小……

可现在呢……怎样才能弄清这些生活中的奥秘呢！

因为他也完全可能像萨什卡一样好好在家待着！

很可能在这整个见不得人的事件中还有另外的一面？而且这方面还是主要的，比那些见不得人的丑事还重要？

也许爸爸的所作所为，妈妈调动工作到商店去的原因，卡佳遭逮捕，还有他的离家出走，也许这一切并不像他想象的那么复杂？也许要为这一切承担责任的是另外一个人，是第三者？

如此说来，谁也没有过错？

如此说来，谁也不承担什么责任？

那就是说，生活中完全可以随心所欲，为所欲为，只要自己过得好就行？！

但是，那又是谁该来承担这些责任呢？

难道说要让上帝来承担？米哈西卡这么一想，紧跟着一阵哈哈大笑。突然身后传来咔嚓一声响，他立即停住不动，心脏一下子剧烈跳动起来。但前后左右都是一片寂然。

米哈西卡又向前走去。

大路突然分成两条岔道。走哪一条呢？他想，是往右走呢，还是往左走？

他想起战争期间经常从广播中听到的一句话："我们的事业是正义的！"虽然这句话是说我们一定会取得胜利，一定会打败法西斯强盗，与他米哈西卡根本无关，与他的那些想法和心事毫无关联，但他还是暗自念叨了一遍："我们的事业是正义的！"这么一念叨，他自己忽然觉得现在不是在树林里穿行，不是要上什么车站，而是去打仗，去投身真正的战斗。

"我们的事业是正义的！"他执拗地又念叨了一遍，接着朝右边的那条岔道走去。

八

出了树林，从前面不远处传来机车刹车刺耳的声音，仿佛是被谁吓得喊起来似的。不过它们的喊声越近，米哈西卡倒走得越慢了。

天快亮了，雾气在大地上空缓缓浮动。米哈西卡朝着雾气走去，不过雾气并不老待在一个地方，而是也朝着米哈西卡迎过来。

一开始它还在米哈西卡的脚下缠绕盘旋，后来往上升到腰际。他像是走进水里，只是这水有些奇特，并不透明，毫无感觉。脚底下的路还是看得见的，不过前面是土包还是坑洼，已经被雾气遮得看不清了。

米哈西卡慢慢地沉入雾霭中。他越是往雾里走，那种隐隐约约、模模糊糊的感觉就越明显地攫住了他，这种感觉本来从一开始就存在于他的头脑深处，他拼命想摆脱这种感觉。

他反复地想到萨什卡，但现在引起他兴趣的不是萨什卡，而是家。萨什卡只是让他以另一种方式想到了家，从一个新的角度，不带任何绝望情绪，也不带任何怨恨，而是让他以旁观者的身份，用别人的目光来看待所发生的一切。

米哈西卡一边咒骂自己，一边想，现在不仅要用新的目光来看已经发生的一切，而且甚至得彻底换个人。

不行！他米哈西卡不可能这么去想，这简直是一个老头儿的想法，一个满脸胡须、毛发斑白的睿智老人。经常有这样一些老人，他们是万事通，他们对什么事都能看透。

米哈西卡觉得他已经不再是他，而像一块小木片那样被劈成了两半，这使他感到讨厌与惭愧。"人不是小木片，"他想，"人不可能被劈成两半。"

他应该是个独立自主的人，应该是他自己。

一想到自己曾经想走开，想逃跑，他甚至突然感到非常可笑。即使是想跑到斯大林格勒，不管怎么说，这充其量不过是逃跑，绝不是什么光彩的事。走开，就意味着满足于现状。

既然你满足于现状，就意味着你已经屈从。

新的一天已经开始。太阳已经穿透树林，血红色的阳光直照进眼里。米哈西卡突然站住了，掉转身往回跑去。

远处的天边一片透明，就像在他衣服兜里咔嚓咔嚓相碰的那些小石子一般透明。米哈西卡手伸进兜里，抓了一把石子。

他从雾中往外跑，觉得自己像是在逃避一头既可怕而又纠缠不休的野兽，就是这头野兽要把他吞掉，甚至不让他在大路上留下一点儿痕迹。

妈妈……他在漫长的夜里第一次想到了她。妈妈什么时候都是最先醒悟过来。

不可能！

他一会儿跑，一会儿快走。太阳像个第一次爬树的小男孩，慢慢腾腾地升上天空。树林开始慢慢地变得稀疏了。大路拐过弯后分出去一条通向河边的小径。

当然是妈妈会最先醒悟过来！

他现在要回去找她。他回到家后，要把该说的话都和盘托出，把他是怎么想的，在想些什么，都统统说出来。

他要告诉她，他们不需要那幢房子。

他永远也不会去住那幢房子。

她就等等吧。等他长大了，他就去工作，本本分分地工作，当一个样样都会的行家里手。而且这不是为了自己，而是为了大家。

他希望他们还住在现在住的那间屋子里。

以后会盖新楼的，他们的新楼也会盖起来，到那时候新楼上的风儿一掠过，就会把孩子们用旧报纸糊的风筝送上蓝天。

小径从松树间穿过，一直通向河边……

他又想到了爸爸。他是以一种奇怪的感情想到爸爸的。他现在可怜爸爸，就是可怜。因为爸爸本来是一个强有力的人，他的两只胳臂好像能力挺千斤，而现在变得这么软弱，妈妈都比他强。

妈妈看上去一副糊涂的样子，但她并不糊涂。可爸爸确确实实是个糊涂蛋。

要不就是他什么也不想明白。

米哈西卡又想起当过他另一半的那个老头儿，忍不住笑了。他心中的那个老头儿不见了，那个米哈西卡也消失不见了。

两个人不能同时存在于一个人中。一个老头儿和一个小男孩曾在他身上结合成一体，后来又一分为二了。

结果无论是这个人，还是另一个人，都不复存在了。

结果出现了第三个人——一个成年人，还不算老，但也不年轻。

米哈西卡登上陡岸。一条河流从他面前流过，这条河流很像一尾银光闪闪的大鱼。

九

河滩上再看不见那件小褂和那条裤子……

米哈西卡从陡岸上打量了一眼。

河岸上空无一人，但木桥上挤满了人。他们在看一艘小船，小船静静地顺流而下，船上站着一些男人，他们把打捞杆放到水里去。

米哈西卡显得很平静。他跳到河滩上，而后向那座木桥走去，河滩上留下两行脚印。

一开始人们并没注意到他，后来桥上的人看见他了，还有两个小小的身影直奔他跑来。

他马上就认出了他们，那是萨什卡和丽莎。他俩直奔米哈西卡跑来，脸上不是高兴，而是惊惶的神色。

他俩在他面前停下，喘得上气不接下气的。

　　桥上的人望着米哈西卡，从他们中又走出来一个人，那是爸爸。他穿着军便服，不系皮带，活像个被抓获的人。米哈西卡见过押解被抓获的大兵，那个大兵也是穿着一身不系皮带的军便服。

　　爸爸耷拉着双肩，吃力地将两只脚从沙土里拔出来，走得很慢，仿佛是干过很长时间的重活后归来。

　　突然，他身后出现一个小小的轻巧身影，直奔着米哈西卡跑来。

　　那是妈妈，她把双臂伸向米哈西卡。她在河滩上跑得很吃力，好几次差点儿跌倒，但她并没倒下，她仿佛什么都不顾了，只是跑呀，跑呀，跑向米哈西卡。

　　她一把抓住他，搂得他生疼，他甚至都能感受到妈妈的心跳。心跳得很快很响，好像快要跳出胸膛……

　　她没哭，只是被尘土弄得乌黑的脸上有几道淡淡的痕迹，那是几道泪痕。

　　妈妈一直紧紧地抱住米哈西卡，他就这么垂着双臂任凭妈妈紧紧抱着，他的心里暖暖的，不禁伸出胳膊搂住了妈妈，搂得紧紧的，头扎在妈妈那松软的长发里。他好久没这么搂抱过妈妈了。

　　过了一会儿，他看见了在离他们不远的地方站着的爸爸。

　　米哈西卡向爸爸的脸投去一瞥，看见了爸爸嘴边的两道深纹。他想，爸爸确实不年轻了，并对自己产生这个想法感到奇怪。

　　爸爸像看个大人似的看了米哈西卡一眼，没有怨恨，自自然然，他就这么看着，似乎在想什么。

　　米哈西卡朝爸爸跨出一步，站住了。他俩面对面地站着，米哈西卡望着爸爸，微微一笑，在这微笑中没有怨，没有恨，也没有绝望。

　　此时，对这个穿着不系皮带的军便服的大人他只有怜悯，一种深感痛惜的怜悯。然而,他并没有向爸爸走过去,而是像绕过一根电线杆那样绕过了爸爸。

米哈西卡和妈妈并排朝木桥走去,身后是萨什卡和丽莎沙沙的脚步声和喘息声。

米哈西卡突然像只鸟儿一样飞了起来,从高处朝所有的东西望去:在蓝色屋顶上吹过的风儿,挤满人的木桥,尚未完全醒悟的愁眉苦脸的爸爸,萨什卡和丽莎,还有他自己。

不,这样是不可能的,不管怎么说也不可能!

什么都和原来一样,不会到哪儿去,不会消失,也不会有什么变化。

一切都依然如故。而且没有魔杖,今后不会也不需要有什么魔杖。

魔杖是给那个小米哈西卡用的。如今米哈西卡的躯体内那个小米哈西卡不再存在了。他已经长成大人了。

现在他能像鸟儿一样飞起来,飞起来后能看到桥和桥上的人,能看见爸爸、萨什卡、丽莎和他自己。

现在他已长成一个什么都能看得见的明白人。

十

米哈西卡和爸爸、妈妈从木桥上走过,萨什卡和丽莎在他身后大踏步地走着。

他忽然觉得右手有些发麻。他松开拳头,看见了洁净的小石子。

小石子在掌心里光芒四射。

他放下右手,心想这些洁净的小石子现在不再需要了。

米哈西卡松开手,那些小石子哗啦啦地掉在桥上。

他一边走,一边往桥上撒石子,像撒种一样。

他从嘎吱作响的旧桥上走过，一次也没回过身去。

他知道如果回过身去，就会看见丽莎和萨什卡在捡他撒落的那些洁净的小石子，还拿它们冲着太阳照。

然后两个人都笑了。

如果拿上一粒小石子冲着水面照，它就会变成蔚蓝色；冲着青草照，它就会变成绿色；冲着白云照，它就会变成白色。

但如果冲着太阳照，小石子就会变成一个小太阳，还会烫手哩。

多么神奇的一粒小石子……